LETRAS PARA (DES)FAZER UMA COLAGEM

EDUARDO RODRIGUES PEYON

2025

VERMELHO MARINHO

Autor

Eduardo Rodrigues Peyon

Editor-chefe

Tomaz Adour

Revisão

Equipe Vermelho Marinho

Diagramação

Ellen Vieira C. S.

Capa

Ellen Vieira C. S.: composição utilizando compilado de imagens e tipografia

Tipografia

Crimson Text e Barrio

CIP-BRASIL. CATALOGAÇÃO NA PUBLICAÇÃO
SINDICATO NACIONAL DOS EDITORES DE LIVROS, RJ

P615L

Peyon, Eduardo Rodrigues
Letras para (des)fazer uma colagem / Eduardo Rodrigues Peyon. - 1. ed. - Rio de Janeiro : Vermelho Marinho, 2025.
100 p. ; 21 cm.

ISBN 9788582654224

1. Poesia brasileira. 2. Ficção brasileira. 3. Crônicas brasileiras. I. Título.

25-95952 CDD: 869
CDU: 821.134.3(81)

Gabriela Faray Ferreira Lopes - Bibliotecária - CRB-7/6643
22/01/2025 28/01/2025

VERMELHO MARINHO
EDITORA VERMELHO MARINHO
Avenida Gilka Machado, 315 – Bloco 2 – Casa 6
Recreio dos Bandeirantes - CEP: 22795-570
Rio de Janeiro – RJ

"É necessário preservar o avesso. Preservar aquilo que ninguém vê"
(Jefferson Tenório, O Avesso da Pele)

"a quantos metros de distância posso ficar
para apagar,
limpar
qualquer vestígio
do outro em mim"
(Susana Fuentes, A Gaivota)

"I kept trying to leap into the unknown, but each time I landed,
I found myself on home ground,
surrounded by what was most familiar to me."
(Paul Auster, The Locked Room)

"A escrita é sempre infecção"
(Paul Preciado, Dysphoria Mundi)

"E quero saber se a esperança era uma contemporização com o impossível"
(Clarice Lispector, A Paixão Segundo G.H.)

O que escrevo é para mim sagrado
até o momento da publicação.
Após, se torna cinza, a ser
dispersada no valão.
Apenas por isso me atrevo.

O sentido dessas letras, se há,
não é propriedade de ninguém.

1 - PRÓLOGO:

Foi um período turbulento. Possivelmente, o mais turbulento. Não aconteceu, porém, de forma sincrônica. Claro, era datado, localizável no tempo de Cronos, o devorador insaciável. Mas, eram inúmeros tempos e fases ali naquele temeroso instante. Era o instante — era maior que todos os tempos anteriores e posteriores da minha vida. Instante de enorme angústia, como se todos os terrores, do dentro e do fora, tivessem somado suas forças potenciais e formado uma enorme onda, o vagalhão capaz de inundar e afogar a tudo e a todos no dentro de mim. Não dava mais pé, e mesmo sabendo nadar, faltava o fôlego para furar onda tão gigantesca. Como Ulisses, eu tinha muito medo no retorno à casa, vagas enormes chocavam-se contra escolhos milenares, sem a argúcia heroica, sem deuses para me proteger, apenas as letras. Umas poucas letras.

O medo sempre me acompanhou, desde garoto, isso não posso negar, mas sempre houve interlúdios de algum alívio, os tempos que chamamos de paz. Naquele instante, contudo, a última linha defensiva fora vencida, era como se todos os efeitos a posteriori freudianos-lacanianos tivessem sido ativados, num curto-circuito, numa reverberação atômica, em círculos concêntricos de angústia, e ali no olho estava eu. Como num filme clássico de guerra, o último posto de telégrafo, que me conectava com a parte amigável do (meu) mundo, fora derrubado, e não havia mais cabos de transmissão. Havia apenas o trilho do trem fantasma, e as vozes e ruídos dos monstros (talvez pessoas), não importando a chave de desvio tentada, pois nenhuma bifurcação poderia me afastar daquele horrendo caminho, daquela trilha de sons e palavras infernais, daquele território malévolo. Não havia mais telégrafo, tampouco ponte. A ferrovia do medo encontrava seu caminho de ferro nos meus filamentos neuronais. A onda gigantesca inundava minhas cidades cerebrais. O território inimigo era tão dentro de mim quanto fora. As letras foram, naquele momento sem tempo, cooptadas para o trabalho do violento ouvidor-mor. E para ordenar o caos beligerante, nesse dentro aterrorizante, a severidade de uma Ditadura Militar, com torturadores de olhos vermelhos e esbugalhados, mangas arregaçadas com enormes e musculosos braços a mostra, caveiras tatuadas, barras de ferro, o eletrochoque na ponta da orelha, e as acusações sem defesa possível. Talvez porque fossem falsas, mas isso não importava, nem para eles-em-mim, nem para o desnorteado eu. As letras me trairiam? Fariam jogo duplo? Ou tomadas pelo medo se aliariam aos agentes do cruel regime? Nem mesmo nas letras se poderia confiar!?

Neste cenário enlouquecedor, as operações matemáticas e contagens, os horários cronometrados e as agendas esquadrinhadas, o contrato formal de trabalho, a contabilidade financeira, receitas e despesas, os tempos de deslocamento, o número de passos diário, as calorias ingeridas, as calorias gastas, as horas dormidas, as mal dormidas e as não dormidas, e tudo o mais que a tecno-obsessividade — como arma do biopoder e da política contemporânea dos corpos — possibilitar, tornavam-se o meu refúgio, o meu modo de funcionamento heroico-empreendedor e possível diante do constante medo de me ver no absoluto desamparo, medo especialmente de ser acusado de forma avassaladora pelo outro, eu que vivia (e em boa medida vivo) constantemente sendo julgado e condenado, na minha nada doce fantasia, por crimes imaginários, por erros desconhecidos ou até por complexas contingencialidades e impossibilidades de fato acontecidas — de fato acontecidas? De fato o que seria? Não se tratava de realidade ou de irrealidade, definições impossíveis no mundo real, mas da ausência de um lugar sereno dentro de mim. A fantasia de alguma forma é ou deveria ser o que torna a realidade suportável, *afirma* a teoria psicanalítica, com sapiência. Mas, e quando essa fantasia é um calabouço, um porão de ditadura habitado por pensamentos-torturadores, que revezam em turno ininterruptamente, para exaurir o pensador-torturado? Como viver com um juiz severíssimo instalado dentro de si? Como suportar o espancamento que o Si-mesmo inflige a si-mesmo?

Vivemos, na pós-modernidade, o inferno das câmeras, da invasão constante do nosso corpo, mais além, do nosso ser, e até da nossa alma, por esses olhos que tudo captam, por esses ouvidos que a tudo escutam e essas vozes que a tudo denunciam nas redes antissociais; contudo, a pior câmera me habitava, era a câmera do Eu observando o eu. *Big Brother is watching you*. E o Grande Irmão era eu mesmo. Ministério do Amor, nomeara George Orwell, ao órgão responsável pelo controle máximo dos cidadãos. Ele sabia do que estava falando, afinal o ódio é o maior dos amores narcísicos. O gozo de amar-odiar a si mesmo. O horror de temer a si mesmo. O desejo de destruir a si próprio. O ponto extremo no qual o desejo de viver e o desejo de morrer se integram numa força de amor-ódio-de-si. Nem os sonhos mais secretos escapam ao amor-ódio do Grande Irmão — ele tudo sabe!

É verdade... as violências humanas, os tantos mal-entendidos e maniqueísmos, a tensão de estar sempre diante de um outro potencialmente ameaçador; infelizmente, eu me percebia sentindo como real o modelo de estado de natureza imaginado por Hobbes, caracterizado pela desconfiança generalizada[1],

---

1 "Assim, existem na natureza humana três causas principais de disputa: competição, desconfiança e glória (...) A primeira causa leva os homens a utilizarem a violência para se apossar do pessoal, da esposa, dos filhos e do gado de outros homens; a segunda os leva a usar a violência para defender esses bens; a terceira os faz recorrer à força por motivos insignificantes, como uma palavra, um sorriso de escárnio, uma opinião diferente da sua ou qualquer outro sinal de subestima direta de sua pessoa (...) Por isso, quando não existe um poder comum capaz de manter os homens numa atitude de respeito, temos a condição do que denominamos guerra; uma guerra de todos contra todos" (Thomas Hobbes, *Leviatã*. Publicado originalmente em 1651. Editora Martin-Claret, 2009, p. 95. Tradução: Rosina D'Angina).

mesmo que tentando avaliar a cada instante o papel da minha própria vigilância nesse contexto policialesco e violento da sociedade contemporânea(?), tentando não me deixar dominar pela desconfiança generalizada que acabava retornando ferozmente sobre mim, tentando manter minha crença nos direitos humanos, nos valores e princípios da democracia moderna, nas luzes civilizatórias (com todas as ressalvas decoloniais que devemos fazer), ainda que a decadência estivesse dominando a Pólis, ainda que o espectro que rondasse o mundo fosse o do Nazifascismo, não o do Marxismo ou mesmo o do Hegelianismo, estes menos maléficos. Estava eu paranoico ou o mundo *paranoidizante?* De toda forma, em que pesasse a minha loucura, a minha posição subjetiva diante do outro, esse lugar de quem está constantemente sendo julgado por algum erro ou imperícia, a angústia e o medo encontravam seu fermento na nossa sociedade, especialmente com essa agressiva regressão conservadora dos últimos anos, e com a judicialização da vida cotidiana, com as pessoas perdendo a capacidade de debater de *forma civilizada* suas diferenças de opinião, de conversar sobre as coisas buscando uma solução possível, um acordo, e não a destruição do outro, a agressão física do outro, o ataque de fúria e vingança, no bar, no trânsito, no transporte público, no quarto de casa, e claro, nas redes. E mais, a priori, sem nem deixar o outro expor seus motivos... Não, o mundo de dentro era impossivelmente cruel, e o mundo de fora era inviavelmente assustador. Empatia era apenas uma piada de mau gosto dos MBAs de Gestão de Pessoas. Houve ainda, no contexto desse instante total, uma Pandemia global e globalizada... houve, por certo, esperanças de que toda dor decorrente do flagelo avassalador nos possibilitasse alguma elaboração com efeitos reais no mundo, efeitos político-sociais após tantas milhões de mortes... mas, a esperança foi apenas uma defesa, uma contemporização com o impossível, como pensou sobre essa coisa estranha chamada esperança a G.H Clarice...

Para recobrir a angústia de castração: números e contas — nada mais clichê, diria o psicanalista. Entre o relâmpago e o trovão: um, dois, três... entre a notícia da guerra e o medo do trabalho: quatro, cinco, seis... conta-se tentando suportar a expectativa do estrondo ensurdecedor; a álgebra ajuda a preencher a ausência de significação, como se cronometrar o dia evitasse o encontro com o real, com o tédio lacunar, mas pior e mais constante com a merda, a urina e o sangue, dos outros, e com as terríveis imagens das guerras pelo mundo, ou os insanos julgamentos do m'*eu-polícia,* ou as violências e abusos cotidianos das polícias pelo mundo, o real da angústia de forma caleidoscópica... sete, oito nove. O tic-tac Cronos... o TikTok veloz... as telas recobrindo-se cada vez com maior velocidade... o meu *Big Brother*... e os livros sendo queimados pelos *novos bombeiros de Bradbury.*

Diante desse quadro psiquiátrico instalado, e que repercutiu organicamente de forma aparentemente irreversível, eu me confrontei. Isso, eu me confrontei. Ponto. Ponto seguido de reticências. Eu me confrontei. ... e, o que poderia ser me conceder um tempo para realizar esta confrontação? Um tempo revirando memórias, buscando alguma fantasia que me aliviasse, talvez a de Homem-Aranha que eu usava quando tinha sete anos... talvez, o sonho de amor perfeito que eu alimentei na minha juventude... ou talvez simplesmente a tranquilidade de quem existe e vive, seguindo minimamente seguro de suas fronteiras, dos limites de seu corpo, e de um caminho sereno e organizado até a hora da morte; acreditando também que o outro — sejam os outros de dentro, ou os outros de fora — não vai me dominar, não vai me invadir, não vai me esfacelar sem que eu possa minimamente apresentar o meu relato dos acontecimentos, a minha humilde palavra, a minha versão dos fatos.

É o *fading* do sujeito. O radical apagamento subjetivo. A perda da capacidade de pensar e de se expressar diante do outro. Se dentro era um inferno e se fora era um horror, para onde ir? Foi quando enviei um recurso extraordinário às Letras... seriam elas capazes de emitir algum parecer? Jurídico? Psiquiátrico? Poético? Uma aparência, uma imagem, um doce de goiaba para o mundo adoçar? Uma poesia que possibilitasse à terra habitar? Ou como na obra em que Annie Ernaux esclarece o acontecimento de sua vergonha, seria apenas o orgasmo capaz de colar o Eu diante de tantas descontinuidades traumáticas?[2] Afinal, acrescente-se às contas, aos passos, às calorias e exercícios, ao tradicional controle policial-militar, a *farmacopornografia*, ápice do biopoder do capitalismo *petrossexorracial*[3] — uma porra que gruda e aprisiona ainda mais no dentro!

Nessa confrontação, as letras foram retornando, como toquinhos de madeira, brinquedo de criança, uma brincadeira, um jogo, quem sabe alguma proteção, algum alívio... Apesar de que a prática de costurar por meio de palavras faladas, deitado num divã, depois de tantos anos de insistência, tenha me deixado um tanto desconfiado acerca do efeito de falar livremente à Freud para um continuador do caminhar psicanalítico, um analista sentado em sua poltrona; e talvez mesmo no escrever à Derrida, num modo de escrever que insere e dissemina a difer(e)nça, uma escrita que abre clareiras, uma escrita própria, liberta do fonema, da voz, uma escrita que não tem como atribuição fixar a representação de uma coisa... Diante da dúvida sobre como se forma o mundo e o laço social, vivenciar a escritura como lugar de re-velação[4] da minha singulari-

2 Ernaux, A. A Vergonha. São Paulo: Fósforo, 2002. Sobre o orgasmo ela afirma: "momento em que sinto com mais força minha identidade e a permanência do meu ser" (p. 81).

3 Termos propostos pelo filósofo Paul B. Preciado em seu livro *Dysphoria Mundi* publicado no Brasil em 2023 pela Zahar.

4 No meu livro *Poesia, Psicanálise e a Construção do Conhecimento: reverberações* (Editora Escuta, 2011) desenvolvo um conceito de "re-velação poética".

dade continuava, todavia, emergindo, ainda que, cada vez mais uma palavra parida à fórceps, justamente pela sempre presente o-posição entre minhas vozes: afinal, para quê ou para quem escrever? Seria capaz de escrever algo que se justifique? Que me coloque em diálogo com o outro? Que seja digno de publicação? Teria perdido minha fé nas Letras? E em mim, se algum dia a tive? Mas, se estou aqui ainda escrevendo, seria esse trabalhar apenas um fluxo de energia em forma de jogo para lidar com o tédio que vem no tempo-espaço improdutivo (?), após o vazio que vem no interstício de paz? O sublime instante em que não há vento falante. Mas, que paz é essa que se busca no confrontar-se? Eis que se trata, no processo de produção deste pequeno livro, de um momento — mais um — no qual eu buscava encontrar ou tecer um fio para o viver, um fio significativo em meio ao horror, ao vagalhão que me afogava. Um fio-causa. Um fio-fim. Um fio-toquinho. Um fio-letra. Um fiapo que pudesse me servir de corda ou de borda ou de prancha de surf, para tentar surfar o tsunami. O assustador vagalhão que emergiu no instante tenebroso. O gigantesco vagalhão que se esparrama sobre as cidades neuronais do eu. Talvez, o herói necessário neste momento seja outro. Não o velho conhecido Homem-Aranha, menos ainda os heróis canônicos dos quadrinhos, mas o desconhecido Surfista-Moreno. *Dragão tatuado no braço, calção corpo aberto no espaço.* Uma prancha de letras num mar de ondas bravas, talvez assim fosse possível chegar inteiro à areia da praia, mesmo após levar um caixote daqueles e beber muita água salgada. Surfar as letras e as ondas do mar cor de vinho, mar homérico, nadar entre sons e palavras, mergulhar no silêncio dos peixes, encontrar a saída, sujo, cansado, mas sereno, sem cair em *hybris,* sem me equiparar aos torturadores, do dentro e do fora de mim. Me sussurrou Camus, o solar: sem apelações. Apenas, letras.

Se existe um objetivo terapêutico nessa escrita, nessa escolha por um transitar pelas Letras; por outro lado, não posso negar, que existe alguma busca (talvez um pouco preguiçosa...) por aprimoramento estético, técnico, prático, quem sabe uma escada — ou uma nova entrada — para mim — no mundo. Talvez até no mundo do trabalho remunerado (bem difícil esse mundo, não é?). Além disso, a palavra que é intencionalmente tornada pública deve ser capaz de tocar o outro, mesmo que seja um único outro, mas de modo que reverbere em algum lugar-tempo subjetivo — este é o único motivo para que um texto não vá para o lixo ou fique trancafiado num diário ou caderno pessoal de notas. Espero que nessas letras possa haver mais suor do que inspiração, mais perplexidade do que teoria psicanalítica — afinal, a essa altura... preciso combater a lassidão macuinaímica, a abstração metapsicológica, bem como o cinismo pós-moderno que nos permite desistir de qualquer crença ou sucumbir ao império do espetáculo e das *falsas-notícias*. Há controvérsias sobre esses pontos, mas é fato que vim engatinhar com as Letras, querendo encontrar algo, querendo espalhar algo, talvez erguer aquela casinha de montar, pequena, com toquinhos marrom-escuro, ou talvez uma maior com ripas de madeira e paredes de pano, em que quando criança brincava e me hospedava, um pouco como uma caverna que nos protege diante da chuva torrencial ou da colisão com o Planeta *Melancholia*. Ver o real das coisas é duro demais, deixo para Platão e seus seguidores, ávidos pela luz de brilho infinito das coisas-em-si. Eu queria mesmo o engano, mas um engano doce, se possível bem bonito. Um algodão-doce, bem grande, bem lilás, bem gostoso, num dia ensolarado de julho no Rio de Janeiro, e mão de mãe, à beira do mar calmo e esverdeado, a mimética da felicidade plena. Não mais a representação epocal da realidade, mas uma imagem-total da minha vida. Um instante único, simples, feliz, e não esse vórtice alucinante que atraiu tantos pedaços e despedaços da minha história, da nossa história, num único e terrível instante.

A escritura tem vida própria, não é filha bastarda dos fonemas, tampouco cópia de terceira classe de alguma forma divina ou platônica. Não, a escritura é ela também fonte divina, e simultaneamente diabólica. Sem ela não habitaríamos (muitos de nós, ainda) o viver, ainda que certamente haja muitas coisas do viver que as Letras não alcançam, nem mesmo nas suas formas e estruturas prosaicas e poéticas mais profundas, inovadoras, expressivas ou mesmo revolucionárias. Há coisas obscuras — ou "neutras" como diria G.H. — que habitam o nosso corpo, as nossas vísceras, e se apresentam de formas inacessíveis aos diversos modos de representação linguageira: condensação histérica, doença psicossomática, alucinação, catatonia, silêncio, borboletas, sapos, orgasmos cósmicos, o que mais? Talvez ainda, a náusea de Roquentin, esse mal-estar de existir que aflige no sistema digestivo... o mal-estar de uma ressaca, de conhaque barato, sem memória, o pâncreas inflamando, uma dor difusa. Falar ou escrever seguem como modos de construção do mundo representável, inteligível, cognoscível, mas resta algo silencioso e indiferente ao processo humano, algo que existe, no dentro e no fora, nas bordas e nos avessos de cada pessoa. Aquela coisa que não sabemos, mas que é o que somos. E que se porventura soubéssemos verdadeiramente o que é, deixaríamos de ser... como a visão direta de um deus nos destruiria ou o encontro com as formas platônicas nos cegaria.

Agradeço a companhia fundamental de vocês, mesmo que a distância física no mundo atual seja cada vez maior. A gente vai pelos trancos e barrancos digitais, com *reels, emojis, stories, TikToks, matches...* Não entendo bem como ainda conseguimos fazer e manter laços sociais... Mas, uma vez que estamos *juntos*, espero que possamos cerzir alguns pontos nas feridas abertas, essas velhas e novas dores humanas. Talvez seja, mobilizar Letras, de fato, um modo de contribuição genuína ao comunal. Participar de coletivos foi se tornando cada vez mais difícil conforme o tempo foi passando, e é cada vez mais mobilizador de medos (re)inserir-se em algum grupo real nesse mundo de aplicativos e fones de ouvido — e também com os joelhos e tornozelos envelhecidos e lesionados. Desaprendi, ou nunca soube bem, atravessar fronteiras, de todos os tipos. No mais, sigo eu e meus outros eus (E vocês? E nós? E eles? Tantos outros no dentro e no fora!), se isso for possível, perscrutando um lugar, um quartinho escuro, esse tubo digestivo, esse invaginado de mim ou do ser: Diógenes me emprestaria sua lanterna? Enxergaria mais com ela? Iluminaríamos melhor? Pode ser que eu explique demais certas coisas... Não sei ao certo, apenas você pode me dizer, se nos encontrarmos no dobrar de uma esquina, sem susto; ou na beira da praia, sem afogamento. Vejo inúmeros caminhos... lúcido, assustado, atento. Seremos tão diferentes assim? Quanto mais achamos que sabemos sobre a vida, mais antecipamos a tragédia... e mais difícil é acreditar no mundo de fora, especialmente esse mundo do espetáculo, da lacração, onde as coisas na tela nunca são as coisas na tela... Seguimos, seguimos, seguimos, insisto na primeira pessoa do plural: venham Letras nos ajudar, como as musas de outrora, em direção ao impossível, este lugar que só se descobre quando todas as letras, quando todas as linguagens e quando todos os amores não o revelam, mas ele insiste emergindo... o brotar da vida. É com as Letras que podemos chegar ao pó existencial. Quem sabe um pó de estrelas. Quem sabe a areia branca e cálida da praia, após o vagalhão, a inundação cerebral, o surfe improvisado, a prancha alfabética, o caixote em meio ao tubo e a subida em busca de ar. Vamos?! Juntos!? Atravessar Letras para (Des)fazer? Uma colagem?

2 – LETRAS PARA (DES)FAZER:

Panópticos

Não fui
Não sou
Tampouco serei
Instrumento do biopoder
Seja como trabalhador
Seja como cidadão
Seja como homem
Por isso jamais vigiarei
A ereção dardejante
O mamilo intumescido
Os pelos arrepiados
A vagina molhada
Tampouco julgarei
A minissaia deliciante
A baby-look umbigante
O decote deslumbrante
A sunguinha montada
Não venham moralizar
E querer controlar
Os prazeres mundanos
As carnes deslumbrantes
Os gozos anais
Os êxtases místicos

Sadismos e masoquismos
Adultérios e surubas
Cilícios e vibradores
Palavras e gemidos
Cozidos e crus
Delícias e dores
Prazeres delas, deles e delus
Não sou instrumento de biopoder
Nem máquina capitalista
Tampouco câmera de segurança.
Só vigiarei e me rebelarei contra o que for:
Colonização do outro
Exclusão do outro
Contra o que for
Desrespeito, desmoralização ou estupro.
Foucault, Deleuze, Butler, Preciado
Palavras que contaminam
Como um vírus que altera meu DNA
E me liberta da colonização
Neoliberal, puritana, estrangeira
Dos higienismos e códigos morais
De panópticos milenares ou digitais
Que servem aos poderes imperiais
E à inveja de gente recalcada, mesquinha e covarde.

A coragem da morte

Quase lá!
Chegarei vivo nesse ponto?
O "gê" do meu desejo?
O medo habita o quase lá
Haverá bandido ou polícia na esquina,
À espreita, prontos para o bote sinistro?
Respiro: ....
A morte qualquer hora chegará
Cruelmente lenta ou gentilmente veloz
Não quero dores intermináveis
Tampouco que sua flecha me fira agora
Ainda anseio por um tempo
Com saúde e vigor
Para quem sabe ter a coragem de amar
Para quem sabe ainda, chegar lá!

Sobre Seres Matáveis e o Fardo do Homem Branco

Cachorros não são assassináveis
Baleias não são assassináveis
Golfinhos não são assassináveis
Tartarugas não são assassináveis
Ursos Panda não são assassináveis
Muito menos cobras e lagartos
Formigas então,
Eles são totalmente matáveis na sociedade capitalista
Basta esmigalhar com os dedos
Manejar baleeiros e arpões
Ou carregar rifles para um safari.
Seres matáveis não são passíveis de assassinato,
A Lei não os abrange e a moral carniceira não se incomoda.
Diferentemente, seja certo ou errado,
Seres humanos são passíveis de assassinato,
Pelo menos em tese,
Ser assassino é ser criminoso
Tribunais deveriam condenar assassinos.
Haverá, porém, relatividade nessa justiça?
Hommo Sacer, o que te faz matável?
Homem negro, o que te faz matável?
Palestino, o que te faz matável?
Judeu, o que te faz matável?
Mulher, o que faz matável?
Indígena, o que te faz matável?

Afinal, quem é este homem tão especial e superior,
Que aos demais seres pode matar sem se tornar assassino?
Aquele que afirma o fardo de civilizar o mundo, e se diz:
Civilizado, cristão, capitalista e branco.

Torturadora — quem é?

Cavucando minha culpa
Esse ruidoso carrasco
Que cruelmente me arrebata
Torturadora insidiosa que me come
Descobri que a bomba de Hiroshima
Esse vergonhoso crime contra a humanidade
Salvou o meu avô: piloto de caça da FAB
Ele iria, segundo planos de política externa da época,
Em missão heroica nacional
Fazer no Pacífico batalha aeronaval
1945: 1945: 1945
Precisas estatísticas de guerra
Indicam com altíssima probabilidade
Sobre o futuro que poderia [não] ter chegado
Por melhor aviador que fosse
Um piloto de caça brasileiro no Pacífico
Midway: Midway: Midway
Teria morrido... morrido... morrido!
Consequência fatal inevitável:
Meu pai não teria nascido, logo,
Eu não teria nascido.
Em meio a palavras e pensamentos desse porte,
Respiro fundo, bem fundo.
Hiroshima, a rosa mais mortífera
O horror indefinível

Ad infinitum horripilante
Deixou meu avô no Brasil
Pois a guerra contra os japoneses findou
E a FAB seus pilotos não enviou.
Vovô e vovó se casaram e cá estou eu.
Décadas depois, sem motivo aparente
Num dia de estranhos ruídos
Rasgaram-se meus tecidos protetores
A culpa chegou a galope, verdadeira amazona
Montando um alazão fardado em verde-e-amarelo
Atravessando terras secas e áridas
Uma paisagem de ossos, ruínas e tristeza
Ela sussurrou no meu ouvido:
Hiroshima te salvou!
Evoquei Truman e Oppenheimer
Mas, apenas uma dor absurda me respondeu.
Seria História, se não fosse tortura
No tribunal de exceção da minha mente.

O que busco no cemitério?

O que me sustenta quando preciso acreditar em mim?
Que fundação?
Que âncoras?
Que ossos?
Que vivos? E que mortos?
O que eu busco no cemitério
Ao atravessar os imponentes portões?
O que garante para mim a minha existência
A minha continuidade
A persistência no tempo
A passada seguinte
O caminhar até a morte.
Apenas no cemitério jaz a resposta
Nos diálogos improváveis com meus ancestrais
Letras que nem sempre chegam...
Afetos que nem sempre colam...
Lápides com nomes incompletos...
E um sentimento de des-colamento.

Abertura, ou a Banda de Moebius

Abrir-se à sensação
Ao que me afeta outro
Ao que me descobre altero
Ao que transborda lágrima
Essa estranha água que me habita
Água-poço que me puxa, me atrai
Me afoga, me naufraga, me conquista
Olha pra fora, Eduardo! — preciso gritar a todo instante
Abre os poros ao suor do outro
Abre os ouvidos aos externos ruídos
Que venham as palavras faladas!
Mas, não se deixa tomar pela inundação
Ergue seus diques de contenção.
Indígenas e alienígenas, não importa quem!
É preciso olhar para fora
E cheirar para fora
E tocar para fora
E saborear para fora
Porque o dentro só existe de verdade no fora
Eu-Tu-Eles-Nós-enlaçados
Essa é a Banda de Moebius.

Um professor

Qual será o significado das pedras em seu pulso
Brancas e vermelhas: será filho de Iansã ou de Xangô?
Ou seria "apenas" uma mensagem de paz e amor?
Revelando uma expectativa óbvia e natural,
Não fossem os tantos ódios e guerras mundo afora...
Mas, o homem simples por trás dos óculos
Disse mais ou menos assim na sua inaugural:
"A Universidade tem suas disputas internas"
Entre tantos progressistas, quem seriam os tradicionais a combater?
Desler — Desler — Desler
Confrontar: Confrontar: Confrontar
\+ - x :   *   + - x :
Repetir estruturas até transformá-las — Repetrans
A poesia transgerativa — naturalmente transsexual!
Um novo modo de confrontar o impossível
Chomsky não adivinharia essa natureza humana
Não é necessário fazer o pneumotórax
Mas, a angústia pesa no peito, tocar um funk talvez...
Vozes circulam entre as lufadas de um ar abafado
No instante em que o olhar captura o brilhar do pólen
E o vento insiste com seu bafo transversal
Me diga querido Fernando, ou seria com Alberto que falo:
Ainda é possível escutar o vento que fala
Ou apenas podemos sentir o arrepio

Dessa didática solidão que trespassa?

Ao final da aula, restaram palavras soltas no quadro de giz...

Acho que o professor, tarefa cumprida, estava feliz.

Ética

Relatar a si mesmo
Para o cruel julgador
Afirmar sua originária culpa
Mesmo antes de saber do promotor:
De que crimes me acusa?
Essa legislação infalível
Que a nada escusa,
Presença constante
Numa mente farsante.
Relatar a si mesmo:
Uma ética em extinção
Como se fôssemos dinossauros no Parque
Sem saber mais como amar.

O Relato de Si

"Eu poderia relatar a mim mesma o que me lisonjeasse, e também fazer o relato da sordidez. Mas tenho que tomar cuidado de não confundir defeitos com verdades"
(Clarice Lispector, A Paixão Segundo G.H.)

Por que a justificativa de si
Perante o outro que indaga
Torna-se dever pungente?
Que crimes o olho vê?
Que pecados a voz acusa?
Uma aflição pungente
Joseph K. Joseph K. Joseph K.
Psicose delirante
Paranoia persecutória
Corredores abafados do tribunal
Escavações neuronais ancestrais
Eu não sou uma barata!
Qual o som desse esmigalhar de si?
Pofsh? Brash? Crash? Arsh? Smerghsh?
Fluídos gosmentos da barata morta
Um cérebro escapando do crânio,
Não, não sou eu!
Afasta de mim essa sujeira!
O bode expiatório da vez
Sacrifício enlouquecedor
Com repercussão geral instantânea

Tormento para de quem contento?
Diante do juiz, relatei minha versão possível,
A verdade nem sempre está ao nosso alcance,
Mas então:
Como vossa excelência me julgará?

Tupy ou PM? Quem seria o selvagem?

O anonimato feliz como recompensa pelo (des)reconhecimento positivo. Eu sou amado, eu tenho direitos, eu sigo em frente. O olhar condescendente e até amoroso do outro me foi concedido de saída, pelas circunstâncias da ordem social, do regime comunitário no qual, por sorte ou azar, estou inserido. Não preciso da fama. Por outro lado, às vezes, passo fome de amor. Mas, a fome que importa mais é a fome por respeito. Há muitos famintos por respeito no mundo.

Antigos agiam com mais reverência: vamos comer você, cozido, moquecado, porque te reconhecemos e te respeitamos. Nossas histórias estão entrelaçadas por séculos de disputas e honra! Ser seu inimigo nos torna mais dignos de existir e isso deve ser celebrado. Os seus te vingarão, como agora vingamos os nossos que você derrotou.

Indígenas antropofágicos tinham mais respeito do que a PM. A matança não se devia à destituição da humanidade da pessoa, mas pelo respeito ao guerreiro inimigo e seus ancestrais. A vingança ritualizada tinha muito mais cultura e significado do que a pura destrutividade dos que se assenhoram o poder, as armas e o Bem. Matava-se pela História e não para seguir apagando a Memória. Matava-se num ritual que significava o valor da vida, da comunidade e do outro. E não no gesto que destitui a humanidade do morto, destitui o tabu do assassinato e o transforma num pedaço de carne escura.

A morte entre os tupinambás não era uma borra vermelha e indiferenciada no asfalto quente de uma grande avenida que cruza uma zona periférica de uma cidade qualquer do Sul Global. A morte era o ápice de um ritual espiritual de conjunção e respeito.

A dor trespassa fundo o peito. Corpos matáveis, pura destrutividade. Resta a pergunta: como ter alegria em meio a tanto desrespeito e assassinato?

A Gramática e a Norma Culta da Língua

Tu vai à praia hoje?
É pra mim fazer o almoço mais tarde?
Patrícia estava meia nervosa hoje, eu percebi
Mas, Cráudio estava tranquilaum.
A vida como ela é
Em suas cotidianas versões
Erro de português, já sabemos, foi a invasão do Brasil
Erro de português, deveríamos lembrar, foi o genocídio indígena
Erro de português, por séculos, foi a odiosa Escravidão.
Herdamos graves erros — mas, o que seguimos fazendo disso que nos chega?
Falar é apenas seguir vivendo
Com menas Gramática e menas Cultura
Mas, com muito amor e fé,
Que valem muito mais do que purismos gramaticais.
Em meio às palavras que constroem lares e vidas,
A Norma Culta da Língua nunca sustentou a família brasileira,
O que vale é a língua real, que lambe, sorve, beija, chupa, comunica e produz:
A calejada língua da sobrevivência,
O verdadeiro idioma Brasileiro.

Pobre-ma de Rico Esnobe

Pobrema não é fala de pobre analfabeto
É som de gente viva, que evolui a língua
Que ama e que trabalha com afinco
Na real do mundo em movimento.
A língua varia no cotidiano, diz a Ciência,
Conforme as pessoas se comunicam.
Para que servem as linguagens simbólicas
Esse dom universal humano
Essa mágica que a criança nos relembra
Com seu maravilhamento espontâneo?
Já nos dizia o anfitrião do Cassino
— quem não se, si trumbifode.
Pobrema é a concentração de renda e de conhecimento
Não a luta diária de quem tece as palavras com suor e saliva
E se faz entender na esquina de um Barão com um Visconde,
Os homens da elite letrada que pouco conhecem a verdade.
Que joguem as pedras os nobres e os gramáticos...
A caravana e as palavras vivas seguem passando!

A Poeira do Preconceito

Poeira de estrelas, a beleza do Cosmos
Poeira do mundo: o pó da aridez social
Gracilianos e João Cabrais, Carolinas e Conceições,
Pedras cortantes que educam, a faca na mão
Homens toscos e mulheres brutas
Sobreviventes!
O brilho da poeira no corpo
No torso suado, no pé calejado: dor seca, dobras ardidas.
Poros entupidos pela poeira da luta.
Repetida é a crítica ao odor: cheiro de preto pobre
Por que o outro desumanizado sempre fede?
Terra, barro, lama, charco, pântano
Palavras que esmagam o Ser, atoleiro anímico
Mas, há séculos sabemos:
Quem carrega os tijolos da nação
Em costas bravas, hercúleas, laceradas?
Com palavras vivas e capazes de construir?
Ainda podemos nos remeter a Euclides,
Ou seria mais atual reler Belchior?
Ao som do Emicida, entoam esses corpos esfarelados,
Ano passado eu morri na poeira
Mas, esse ano minha poeira é o Brasil
Beleza infinita de uma pátria que nega seu povo
Povo asfixiado por tanta poeira e preconceito
Insistem em nos cobrir de sujeira, mas esse ano...

Sertanejas Invasões

Tem o que invade de fora
Tem o que invade de dentro
Tem um momento pleno
Em que o fora se junta com o dentro:
Pode ser o grande terror
Pode ser o grande amor
Quando junta o dentro e o fora
Quando hibrida o mundo e a palavra
Quando o julgamento sentencia feroz
Quando a paixão atropela atroz
Todo ser-tão, veredas psíquicas, vem do avesso
Escuros caminhos neuronais, mas Tatarana mira e vê
E-o pobre eu, alvo indigno a desfalecer
No desamparo total do ser tão viver
Urutu-branco rasteja preparando o bote
Canela de velho, sombreia o que menos se espera
O Sertão se esconde no sabugo da unha,
Vastidão que tudo condensa, um destino
Na violenta poética do viver.

Deuses, Deusas e Deusus

Os afetos do impossível assustam demais os homens, que com seus carrinhos e soldadinhos pretendem saber toda a verdade, sobre si mesmos e sobre o mundo, para organizar, dominar, gozar, prender e matar. Por isso, a fúria punitivista diante do outro que escapole ao modelo fálico performático branco. Modelo entregue por um certo Deus, sustentam poderosos sacerdotes.

A crença num desígnio superior, seja qual for, confere lógica às descontinuidades e sentido às contingencialidades — a vontade de Deus se transforma em Destino. É para esse homem religioso a posse de um FIM. Geralmente definido por Deus e divulgado por profetas e hermeneutas. Às vezes, por filósofos do progresso e tecno-cientistas. Dores pacificadas, culpas abolidas, é a vontade de Deus, mistério que a Ele pertence. Sistemas explicativos, gráficos perfeitos, penitências eventualmente, é a Ciência dos civilizados.

Mas, e:

o escapante: o fugitivo: o marginal:

o imoral: o artista: o poeta

Que resta deles? A balbúrdia, o êxtase, o Carnaval!

Alegria alegria! Viva viva! Poesia poesia!

O direito de conquista é de Baco e dos poetas!

Sem Hegel, talvez com palavras para (des)fazer.

Sem Deus, talvez com deuses, deusas e deusus

Para dançar com letras ébrias pela vida inteira!

Autor

Alguém que dialoga com:
Tradições passadas
Cânones cansados
Tópicas deveras repetidas
Histórias que se riscam
Cruzamento de ideias
Encruzilhadas, conflitos, oposições
O que é seu nesse fluxo polifônico?
Haverá algo oriundo do seu gênio?
Ou do seu técnico labor de escrivinhador?
Como saber se de fato é uma ideia original?
Se tantos nós de significação
Navegaram com ou sem monção
Nesse tumultuoso devir da citação!
Morrissey cruza os portões do cemitério
Convoca Oscar, o selvagem.
Ironiza o plágio entre as meretrizes,
Com seus catedráticos ruídos de prazer,
Seríamos todos, todas, todes plagiadores? Ou prostitutas?
"Oh! Ah! Ai! Ui! Assim! Vem! Vem! Vou... Ahhhh..."
Tanto afeto e vida nesse verso
Como não o copiar ao longo dos séculos
Ao representar a realidade na literatura ocidental?
Citar ou não citar
Eis a literária questão

O dilema do autor íntegro,
Vasculhar as referências poéticas e bibliográficas:
Todas! (seria tal abrangência possível?)
Haverá ainda espaço para o estalo da novidade?
Ou somente releituras em abismo de gritos e sussurros épicos?
Exalados por papiros, pergaminhos, papéis, tintas, acordes,
tipos, teclados, e ávidas e indecorosas bocas!?
Já dissera o impetuoso Bandeira: ainda bem que existe o
Carnaval
E mulheres puras para jorrar o lança-perfume na boca dos
viciados!
Faço plágio ou releitura caleidoscópica, quem decide?
O que importa é que se inunde a pura boca delirante
Com autorais prazeres, significantes!

Corpulescências

Corpos jovens, corpos esbeltos
Serão mais puros?
Serão mais fortes?
Ou de outra mais vulneráveis?
Corpulências, opulências
Coxas, quadris, peitorais
Corpos jovens, corpos impetuosos
Serão mais velozes?
Serão mais elásticos?
Ou quem sabe mais audaciosos?
Corpus Theoreticus — Tractatus Logico — Philosophicus
Wittgenstein, Austin, Derrida, Rorty
Corpos pensantes, gordos de referências
Haverá afeto para tantos tipos de corpos?
Corpos estranhos que infiltram a pele
Corpos invasores, corpos invadidos
Quem afirma os corpos, afirma quais corpos?
Corpos jovens, corpos magros
Corpos desejantes, corpos aviltantes
Saberão esses corpos ainda amar?
Em tempos de peles de borracha
Em tempos de áudios gravados
Em tempos de orgasmos digitais
O que será desses corpos?
Para além da mais-valia tecnocorporal?

O Amor-Kafka

Meus túneis kafkanianos
Obscurecem a percepção, os sentidos, o exterior,
Imagens, sons, cheiros e gostos ficam de fora
Exclusão do mundo ou exclusão de mim
No dentro, no lado das trevas assustadoras
Vozes ecoam velozes e traiçoeiras
Pelas sinuosas curvas sinápticas
Meus trilhos neuronais para o desespero
Morcegos circulam dentro de mim
Não mais borboletas no estômago
Sinto muito medo: do conhecido ou do desconhecido?
Todo signo se torna estranhável
Pois o carrasco psíquico insiste
Saboreando seu gozo vitorioso
É o amor-Kafka, ao qual correspondo
Apaixonado ou violentado?

Observação Cotidiana do Mundo

Se podes olhar, deverias reparar nos detalhes
Mas, o que significa cada minúcia
O rápido tremer dos olhos
O gesto das mãos se esfregando
O pé batendo avidamente no chão
Desespero, ansiedade, tique?
Pisca, pisca, pisca
Esfrega, esfrega, esfrega
Bate, bate, bate
Seria uma forma de paixão?
Uma síndrome neurológica?
Ou a velha e repetitiva angústia?
Na fila [ainda existem algumas] escutei:
— é um crápula!
E na sequência, outra voz ainda mais enérgica:
— sem vergonha, um canalha!!
Os ouvintes meneavam a cabeça
Anuência, impotência, impaciência?
Se podes olhar, deverias enxergar o detalhe
Para compor intrigantes imagens do mundo
Pois afinal, a verdade, essa coisa tão definitiva,
Segue impossível, isso sim uma canalhice!

Letramento

Descobriu radiante a leitura
Abriu-se um novo mundo
As letras chegando mais e mais
Grandes, pequenas, livros, letreiros, pretas no branco, coloridas
Um prazer orgiástico diria o psicanalista
Descobrir a leitura: paixão incandescente!
Depois, veio a Gramática
A chatice da análise sintática
A esquisitice das colocações pronominais
As terminações do pretérito mais-que-perfeito
Se acaso assim falara, seria imperfeição
Ou falsa pretensão de pureza
Ah, mesóclise! Forma arrogante de poder
Temer-se-ia!
Eu quero apenas minhas letras brilhantes
Em diversas cores e tamanhos
Meus amores poéticos em cartas ridículas
Meus revolucionários e rebeldes autores
Abaixo a Gramática, essa chata!
Abaixo a Norma Culta, essa esnobe!
Cultura é conviver em paz
Cultura é trabalhar e amar diariamente
Cultura é quando a criança se surpreende lendo
E adora as palavras sem hierarquias

Quando o vento passa assobiando
E inventamos e escrevemos seu som
Apenas o ser humano pode semiotizar
Mas, ler o mundo precede todo e qualquer letramento
Na vida real, só valem os textos que re-velam mundos!
Essa é a pedagogia da autonomia
Que faz clareira antes de qualquer filosofia
Que estabelece as regras antes de qualquer gramática
Que liberta antes de toda opressão!
Verdadeira origem do amor.

Cagando Regra

Anomalia, anormalidade
Irregularidade, mutação
O que escapole ao ideal (de quem?)
Tudo que tem formas reais
Com cheiros variados
Pelos pubianos, às vezes sua ausência,
Tornozelos esquisitos, às vezes manchados de roxo,
Testas longas e franzidas, às vezes rachadas
Mãos duras e ressecadas, geralmente doídas,
Sovacos suados e catinguentos, argh
A normalidade não é feia nem é bonita
Ela é ordinária porque cotidiana
Genialidade é para os raros e os idiotas,
Os sábios no viver se comunicam
Trabalham, bebem cerveja, fazem amor e dormem bem,
Sem precisar declinar em latim ou conjugar no subjuntivo
Na antropologia do viver
O que vale é seguir sem trumbicar
Usando os sons e as letras como partes de si
Quem caga regra é que deveria feder.

As Regras de Maria

Régua
Regulagem
Regramento
Ciclos no tempo.
Regras: sangramento!
Determinação biológica?
A ser superada?
Natureza ou Cultura?
Falso dilema, pois
É da natureza humana ser simbólico:
Semiótica dos traços cromossômicos
Poética dos neurônios supersônicos
Fonética dos orgasmos madrugadores
Derrida lendo Freud num mundo em ruínas
Nem falocentrismo, nem vaginacentrismo
O machão correu assustado
E as Letras dispensaram a Gramática
Senhora chata e carrancuda
Cheia de podes e não podes.
Até a próclise anda cansada,
Dizem que o "se" está deprimido
Que anda buscando liberdade de expressão
E até procurou um psicanalista lacaniano
Será que vai ficar preso à estrutura da Língua?
Ou tratado com um revisado corte?

Por que tanta regra meu Deus?
A gente só queria ser feliz
No fazer e desfazer das palavras,
Seguindo os fluxos do existir
E sangrando as dores do resistir!

Inclosure

Escrever retém, contém, lacra
A assinatura, marca na cera quente,
Seria brasão ou condenação?
Árvores genealógicas, famílias de estilo
Todos os nomes que se seguem,
Não, não quero inaugurar uma escola
Quero a margem malfeita
A letra disforme
O parágrafo sem regra
O verso sem métrica
A prosa sem lírica e sem épica
Não quero bordas nem balaustradas!
Quero a liberdade lagalhé
Quero o heroísmo invisível
Quero o precipício sem mosquetão
Abaixo as clausuras da Língua!
Abaixo os puristas e suas cercas!

Nada disso, tudo mentira de velho rancoroso
Queria era inventar nova língua
Com novos sons letras regras
Para ser capaz de falar do que só existe em mim
Mas, não tenho gênio nem conhecimento
Guimarães ou Kafka, voam tão distantes
Dessa escrita com laivos psicanalíticos

Defeito de origem, influência estrutural
Esse narcisismo afetado que me acompanha
Pobreza de espírito, uma fragilidade basal
Iteratividade da língua que: chupa, lambe, estala!
E eu aqui sem conseguir rasurar a forma
Brisura de uma tradição
Ou palimpsesto sem erudição?
Como inventar uma Língua
Em meio a uma vida mal vivida?
Excesso de dentro, olho pouco para fora
Vivendo entre livros e pensamentos
Histeria de Poetisa, batizei outrora
Na verdade, sigo até o nariz fálico
Para que servem as letras
Se não for para a libertação?
As letras (des)fazem os nós
Para caminharmos juntos no mundo
Inevitável contradição

Aurea Mediocritas

Modelos áureos
Mediocridades vendáveis
Ali na vitrine da Livraria
Onde livros se tornam fetiches
As letras estranham-se, plastificadas
Entre belas fotografias de capas,
Ortodoxias mercadológicas
O que vende afinal meu caro editor?
O clássico? O moderno? O padronizado?
O guru oriental? O coach norte-americano?
A inovação tecnológica de Harvard, MIT ou Oxford?
Saberemos algum dia reconhecer
A realidade linguageira da vida?
Ou seguiremos buscando Deus e o Diabo
Entre os autores nas vitrines: reais ou digitais?
Na disputa acirrada entre a autoajuda e o bestseller,
Na era da reprodutibilidade da estupidez humana,
Quando o Mercado medievaliza tendências,
Onde foram parar os livros de poesia?

— Lá no fundo da loja, na última estante à esquerda.

Flautando

Cotidianos levados na flauta
Mas, a flauta mesma
Para muito poucos ainda
Talvez um sopro para além do respirar

Mas, se a Gramática e suas regras
São tão naturais quanto à música
Respirar a flauta poderia ser pra todes
Assim como comunicar sem se equivocar

O ar atravessa ecoando os bambus
E deixa um vazio enorme no coração
É difícil soprar no instrumento do viver
Como às vezes um fonema estrangeiro

Em meio aos ruídos do existir, sigo
Flautando ávido pelos bambuzais
Sem saber bem como assoviar,
No final dos sons, somos todos flautistas iniciantes.

Acontecimento

O acontecimento abstrato
De forma geométrica perfeita
Com ângulos platônicos, na mente
Brotou como números exatos

A poética defensiva do eu
Que colocava ideias à frente dos afetos
E opunha estruturas aos fatos da vida
Forjava esconderijos sociolinguísticos

Blow-up às avessas, ia me afastando
Dos infamiliares segredos e margens de mim
Quando de repente, dela, a voz, o olhar
Me lançam à impressão nítida

Uma preciosidade com perfume de céu
Sabor de girassol e amarelos táteis
O vestido flanava lindamente, a passante
Me cravejou uma imagem lancinante

A verdade platônica dissolveu-se
Diante da beleza real,
E dos poros exultantes,
No do acontecimento instante.

Estremecimento

Sentir o estremecimento pulsátil
Na ponta, ao lamber suavemente
Em meio à saliva, os fluídos saborosos
Nessa intensidade significativa, simbólicos
Os efeitos estéticos, da língua no clitóris.
Chupa, mas também fala, baixo calão,
Se enrola no dígrafo, e beija sôfrega,
Prazeres e vergonhas, bem cerradinhas
Não fosse a norma pudica, explodiria em jatos

Cultos os que sabem viver
E bebem, e comem, e beijam, e chupam
Sem medo e com erótica simplicidade
Sofreria eu na língua o medo de errar?

Nessa incapacidade de interação
Mal das linguagens no século XXI
Homens tarados, mulheres assustadas,
Dizem que o mundo sempre foi assim
E não tem mais conversa, humana,
O estremecimento foi sem palavra.
Em silêncio, a língua tremia confusa,
Afinal, se tornara digital em milhares de pixels,
Não sabia mais falar nem lamber nem chupar.

Arquivos Engarrafados

Dizem que a palavra arquivada deixou de ser livre
Um pouco como água engarrafada,
Que não é fonte, rio ou mar
Não brota, não jorra, não faz onda.

O que é um arquivo,
Esse banco de fatos depositados
Documentos, certidões, escrituras
Fotografias, cartas, poesias e agruras.

Solo fértil pra novas memórias
Aquelas que subvertem a História
Ficções impossíveis que criam
Novos mundos revoltos,

Como mares de ressaca, tormentas e vagas
Que destroem os castelinhos na beira da praia,
Os mortos seguem muito vivos, pois apresentam
O futuro ancestral que infiltra borrando os arquivos

Em coleções sucessivas de águas não engarrafáveis.

E Nada Mais

Como manter-se vivo em meio a tantas memórias violentas?
Como imaginar uma esperança em meio a tantos arquivos terríveis?
Se apagar minhas memórias e arquivos, o que serei?
Fogo no arquivo, apagamento geral das memórias, pois não quero mais lembrar!
Então, quem seria eu?
Como é possível imaginar uma esperança se já não temos referências?
Como é possível traçar uma rota se já não existem mapas?
Como deslocar os arquivos?
Transformar os arquivos?
Superar os arquivos?
Sem imagens heroicas, não há esperança possível?
Se as letras se embaralham e caem sob a lei da destruição,
Como posso caminhar sem lembranças heroicas?
Apenas o mundo imaginário infantil permite suportar o mundo pós histórico?
Diante das lacrações e sua estupidez,
Como viver?
Como interagir?
Como falar?
Como amar?
O caminho — ainda há um caminho? — não é pela via do simbólico.

Excuse moi M. Lacan

A sobrevivência nos tempos da pós-inteligência só pode ser imaginária,

E nada mais.

Apendicite

Intextinos textos de ódio
Raivas circulantes, rancores ruminantes
Fibroses e gorduras, mastigo
Os alimentos d'alma, inflamo
O apêndice de que não abro mão.

Intextinos textos de medo
Temores circulantes, pavores ruminantes
Necroses e abscessos, digiro
As dores inconsoláveis, inundo
O peritônio com amargos afetos.

Nessa lama intestinal, adentro
Sem cirurgião nem anestesia, lúcido
Encontro minha clandestinidade visceral
Vejo cobras e vermes, assustado
Pantanosos seres do ressentimento
Me agarro à covardia torpe, sem alento.
Textos intextinos de mágoa,
Diante da inflamação final, salto
Para morrer ou para voar,
Por sobre o divertículo obstáculo
Ao encontro, como sempre, das dúvidas ruminantes.

O bisturi se aproxima, será o corte final ou inaugural?

Antes do Big-Bang

Uma força irrompeu ctônica
Entre o sol apolíneo perfeito
E a chuva penetrando a terra,
Uma força irrompeu originária
Fazendo brotar a vida verde folha
Onde a água esperança escorre,
Uma força irrompeu lancinante
Rasgando a pele trigueira e ardente
Tremendo sob o suor angustiante.

Uma força originária desregulou o termostato,
Um corpo infiltrado por sol e chuva
Um corpo alucinando pelos poros-olhos
Um corpo que tocou com o pensamento do outro,
por um efêmero instante des/encontro,
O mistério que sempre retorna: qual a origem antes do
Big Bang?

Arde corpo endiabrado,
Treme corpo ameaçado!
Goza corpo enlouquecido!
Desespera corpo esvaziado!
É frio, é febre, é calor, é suor, é sol, é chuva, é ardor!
Venham palavras-uterinas
Palavras que aos poucos vão nascendo no meu ser

Palavras-origem que ajustam o termostato do meu desejo

O frio passou, o suor secou, o sorriso brotou
E o enigma da origem suavemente se revelou:

Antes do Big-Bang, uma palavra-fêmea me ensinou, o que já existia era o amor!

O que é ser um/a psicanalista?

Quando eu era garoto me chamavam egoísta
Pois não gostava de emprestar meus brinquedos
Imagina, vão quebrar meus lindos playmobis!!!!
Pensava eu tenso e preocupado.
— Gato escaldado tem medo d'água fria —
Não tinha jeito, era egoísta e acabou!
Ninguém percebia que meu irmão adorava quebrar meus brinquedos

(Freud talvez compreendesse e explicasse)

Um dia, minha avó Elsie disse com a simplicidade das avós:
"Você não é egoísta, é apenas cuidadoso com as suas coisas"
Até hoje choro quando me lembro disso:
É tão bom quando alguém escuta a gente
Às vezes, o psicanalista é a avó que escuta a gente com ouvidos limpos de saber!
E coloca em cena uma voz mais suave
Que pode fundar um cantinho de paz dentro do Eu.

Os Ponteiros

O dia esquadrinhado em horas
Pelo cálculo sereno e astuto do tempo
Pelo planejamento lógico dos eventos
A agenda de plantão, os alarmes eletrônicos
A caótica sequência de um dia organizado,
A ordem cronométrica dos compromissos
Fôssemos em Londres, o Big-Ben martelaria
Sobre Clarissa e Peter, o tempo que nos esmaga
Maldita hora de passar na catraca eletrônica!
(Na fábrica, na repartição, no banco, no hospital)
Corre para não perder o bonde querido Egas!
Podes arrepender-se, podes se pegar chorando
— Num repentino instante fora da agenda —
Escondido num cantinho, se protegendo dos ponteiros opressores
Ah, esses instantes sublimes, essas paradas cardíacas!
Como assim, você não pode parar! Bora produzir empreendedor!
Mas, e se a bateria acabar, e se os ponteiros travarem?
Como vou organizar a agenda, os compromissos, as ações
Como vou saber a hora certa de passar na eletrônica catraca?
Carregadores de plantão, onde estão vocês, preciso de energia!
Preciso apressado ajustar estes ponteiros, ajustar as entradas na agenda, múltiplas!
11h05, 12h10, 13h30, 14h45, 15h05, 16h10... horas, minutos,

segundos... voam!
Reunião com A, consulta com B, almoço com C, relatório para D, Pausa do Café (solitário)
Reunião com E, apresentação para F, estudo com G, processo com K (administrativo)

(Quantas horas vivo quando diante dela todos os ponteiros param?)
(Quantos infinitos de felicidade para descrever o tempo do nosso beijo?)
(Para que tempo vou, quando os parêntesis pulam as catracas e restamos a sós fora da agenda?)

Preciso reorganizar a agenda, preciso ajustar meus ponteiros,
Para além do tempo, por fora das catracas, para além da burocracia e dos protocolos,
Para o que chega sem hora marcada e me faz chorar de alegria
Para o que chega num repente e se hospeda sem medo no meu coração
Para o que realmente importa na travessia-vida pelo tempo
Para a maravilha da vida nesse instante que escapa.

Emergência

Emergir é maior que o ser-humano
Emergir é um movimento muito além de nós
Existe antes de nós, continua depois de nós
Emergir é o universo em movimento
Sem passado, sem presente, sem futuro
Eterno movimento de chegança: originário.
Nossa História é um sentido fugaz
Nossa Ciência uma prótese
Nossa Religião um amparo
Aspirações (des)humanas
Olhamos além, seguimos aquém
Emergir é muito maior do que o ser-humano
Toda nossa tecnologia,
Todo nosso cotidiano desconhecimento,
Mistérios profundos
Absurdos insondáveis
Almas inquietas
A paixão que subitamente atravessa
O ódio que estupidamente mata
O instante imparável em que a folha se dobra
E a gota cai, a arma dispara, a lágrima rola
O coração contrai, a vida individual cessa
Emergência humana, parte do irrefreável emergir
Emergência humana, o impossível do existir
Emergência humana que exige tudo (des)fazer!

Exit

As vozes de muitos livros
Subitamente me invadiram
Sucessivos tempos da minha história
Meursault gritava: não acredito em Deus!
Enquanto Ivan Karamazov, eloquente,
Ao Grande Inquisidor convocava.
Já Morrissey iniciar antes do princípio desejava.

Se todas as letras se conectassem
Se todas as imagens se unificassem
Se todos os sonhos se completassem
Se todas as vozes unidas ecoassem
Matéria e memória formariam o UM!

Era meu Big-Bang literário,
Os cheiros dos autores se misturavam à mesa
Num banquete onírico e suntuoso, por vezes diabólico.
De repente, escutei as crianças rindo atrás da cortina,
Rárrárrárrárrá!
E foi o que me tirou de dentro de mim,
E me relançou para fora dos livros,
Para o banquete das letras no mundo!

3 – EPILOGO: O DESFAZIMENTO FINAL

Dois minutos depois de nascer
eu já havia perdido as minhas origens.
(Clarice Lispector, A Paixão Segundo G.H.)

No meio de um processo de escritura, às vezes a fonte seca. Não se trata de perder a inspiração, tampouco da velha conhecida preguiça; mas, o que dava o ritmo e o tom deixa de estar lá ou aqui, perde-se a companhia, os outros de dentro e de fora que, muitas vezes sem o saber, movimentavam junto a roda das palavras. É como um estado de suspensão: a gente sabe que vai passar, mas não tem energia e paciência para aguardar o novo tempo. É preciso finalizar agora! No instante... na espuma da grande onda. A pressa, seja qual for sua causa, é, contudo, inimiga da perfeição, diz a sabedoria popular; quando se está apressado, porém, de pouco servem os provérbios e advertências, tanto que mesmo gente com muita história de vida continua queimando a língua — ou comendo cru — ao ir com sede demais ao pote. Então, correndo esse risco, sigo para o desfazimento final, sabendo que as forças produtivas foram suspensas e que a burocracia impera no escritório, com sua chatice modorrenta, sua eficiência desencantada e seus modelos de formulário bem definidos. Foi uma greve da criatividade, mas o pensamento continuava vivo, ou achava, e seguia ávido, apressado, ansioso. Em meio ao caos organizado da fábrica, o pensamento ainda emergia das fontes impossíveis, indetectáveis, inflamáveis.

As letras serviram a um propósito aqui: (des)fazer: espécie de ação que no mesmo movimento desconstrói e reconstrói, quebra e cola, parte e rejunta, descoloniza e recoloniza, ou seja, trata-se de uma ação destrutiva-criativa. Mas, não sou hegeliano, não se trata de *Aufhebung* porque não é um processo de evolução histórica e finalística do *Geist* esclarecido. Menos ainda de algum processo schumpeteriano. Espera-se do campo poético que se afaste do *Geist*, da metafísica, do progresso irrefreável, da superação incessante e de sua lógica produtiva insaciável, e que se abra ao surgimento originário, que coloque em evidência o resto, o indiferenciável, o não-humano, a coisa originária, a borda do impossível. Considero agora — clariciamente, me atrevo — que seja um processo de dar voz às baratas que existem dentro de nós, com sua gosma branca, com suas antenas e carapuça, com sua outridade tão habitual e nojenta, com sua imundície, mas não por meio de uma construção alicerçada na pureza do espírito, ou seja, na Lógica do discurso racional que aspira ao Ser das coisas, à essência pura de cada coisa ou à verdade objetiva do mundo. A gente não precisa sequer comer a barata como a inspiradora G.H., a barata nos habita desde sempre e nos apresenta a impossibilidade da Síntese, nos apresenta o que é da vida antes de a linguagem tentar expressar e conter, ou depois de a linguagem não conseguir expressar e conter. Junto com a barata estão bilhões de bactérias, vírus e fungos que fazem parte de nós, as camadas mais desconhecidas do nosso ser.

Os que se autoproclamam puros de espírito geralmente são fascistas: se acham perfeitos e cheios de direitos. Matam baratas, e matam ou ordenam matar pessoas como se fossem baratas. Ou apoiam os que o fazem... Senhores do Progresso, da Evolução, das Forças Produtivas irrefreáveis e do Supremo Destino Nacional. Seus gráficos, planilhas e uniformes patrióticos são tão importantes, que as pessoas de verdade nas ruas se tornam irrelevantes para eles. Imaginem se tais indivíduos conseguiriam ver suas baratas internas atravessando seus intestinos ou boiando em seu sangue circulante... As pessoas que sabem que somos todos imundos, ainda que belos e capazes de atos generosos algumas vezes, têm mais acesso à quase verdade, que escapa a todo instante... inevitável para alguns (Especiais? Atormentados? Tolos?) buscá-la nessa relação com o penhasco do impossível... concedo: rochedo da castração. A verdade não está num paraíso celestial cheio de formas brilhantes (ou de anjos loirinhos), tampouco em fórmulas perfeitas escritas em cadernos quadriculados, menos ainda na administração científica e suas incansáveis planilhas dinâmicas e aplicativos *smart*, ou nos gráficos digitais dos vociferantes analistas da Bolsa de Valores; não meus caros, a verdade está na barata nojenta que nos habita, que circula pelos espaços ocos do nosso corpo, roçando o avesso da nossa pele, numa aflição real quando sentimos as patinhas roçando o coração que se contrai assustado, ou quando as anteninhas com seus típicos movimentos de percepção vão reconhecendo nosso tecido cerebral, roçando nossas sinapses e influenciando nosso humor. A verdade não tem relação direta com a beleza ou com a feiura (perdoem-me os clássicos), ela não está preocupada com isso, tampouco estabelece relações de valoração estética (não?), ainda que o originário carregue consigo a potência das múltiplas belezas e a força do i-mundo, algumas vezes, entremeadas como siameses em gozo — a verdade é outra coisa cuja coisa central escapa, entre-vista na hora do crepúsculo, declinante, jamais declinada... a verdade seduz, mas não se entrega; a verdade é essa coisa lá no início que se junta com o fim e acaba com o tempo e com o espaço, e nos fusiona ao universo, num instante infinito ou numa finitude eterna. Porque ela não é da ordem do categórico, do atributo ou do acréscimo, tampouco se relaciona com tempo e espaço, ela é negativa, ela se articula com o mutismo que surge após tudo que era possível ter sido dito e feito.

Apenas olhando para as nossas vísceras e baratas clandestinas, e buscando dialogar com isso que nos habita — ou que nós habitamos — podemos quem sabe (des)fazer algo, chegar na balaustrada da verdade, olhar para o negativo de si mesmo. A gente precisa das Letras, na sua forma mais real, menos gramatical; na sua forma mais livre, menos agrilhoada pela pureza da norma padrão e pelo imperativo das operações lógicas; a gente precisa das Letras vivas para poder dizer algo do impossível que nos habita, do impossível do corpo, do desejo, da vida e da morte. Esse processo de desfazimento acontece em meio a uma realidade caótica, de um mundo em ruínas — já há algumas décadas... terá sempre sido assim? — , construído por uma sociedade que produz alimento em quantidades jamais vistas, mas que mata de fome nas esquinas e rincões. Num mundo de nações civilizadas, com códigos humanitários dignos do mais justo Deus, mas que perpetra genocídios e guerras hediondas incessantemente. Num mundo onde o amor se tornou algo efêmero destinado aos tribunais e contratos, e ao aconselhamento de *coaches* e outros tecnocratas da "fome e do amor". Num mundo onde não conseguimos mais ler sem interrupções, com telas sobre telas capturando nosso olhar e nosso pensamento... déficit de atenção e hiperatividade, diagnosticam os representantes do sistema e da indústria farmacêutica. Enfim, esse mundo, no qual tudo parece destinado ao gozo de pouquíssimos senhores, e ao trabalho extenuante da maioria das gentes. Por fim ou por princípio, não sei dizer como cada um poderia (des)fazer sua vida, na busca por uma vida sem sentido, por uma vida em contato com o impossível do viver e do dizer, por uma vida interessante como sustentam alguns? (Des)fazer-se no (des)fazimento sem esperança, seja em Deus, seja no Amor, seja na Civilização, mas ali no lugar mais banal onde as letras se embaralham, e a criança fala o vento que passa, sem acréscimos ou apelações.

Não tenho a menor ideia meus caros, caras e cares, mas, a cada vez que a poesia (re)velar aproveitem para (des)fazer algo. Eu não vejo caminho para a verdade fora da poesia, fora da perplexidade existencial, fora do olhar que fagulha, fora da música que faz vibrar, fora da letra que se apresenta pela primeira vez ao olhar curioso, ao ouvido que se inaugura diante do que silenciou — a letra que (des)faz. Que sejamos menos eu, para ler, para escutar, para viver, e quem sabe descobrir algo de fato novo, para além das significações mapeadas. Saiamos das Letras organizadoras que tentam conter um significado, erguer um sentido, construir um acordo linguístico numa ação pragmática, dar uma moldura ao vivido, disciplinar o contrato social, e apolineamente tudo definir. Não, digo sim apenas às Letras que seguem uma conversa sem fim, uma conversa que a gente nunca entenderá totalmente por que começou, e muito menos se poderá chegar a algum destino. O lugar do (des)fazimento final é esse lugar do absoluto não saber sobre o devir, de si, do outro e do mundo — lugar mesmo da poesia, do fluxo originário, do que poderia de fato ser Deus se não tivesse sido pervertido pelas religiões e sua obsessividade pelo ritual e pelo poder.

A gente devém no infinito da linguagem que nossos corpos habitam, o resto é guerra, ilusão, tecnocracia ou sistema filosófico. O fim do progresso não é a morte porque a morte não é apogeu ou limite da vida, ela faz parte de ciclos muito além ou aquém de nós, pouco importa porque não somos e jamais seremos capazes de compreender... A História, campo no qual podemos algo reconhecer do nosso caminhar, está a cada instante não cronológico lançando-se como originariedade, por isso ela não existe sem o Mito e sua temporalidade circular. Vamos enterrar Hegel, por favor! Vamos parar de venerar o progresso! A História que compreende as trajetórias de vida, indivíduo e sociedade, não é a linear e lógico-causal. A Letra que funda não é a que faz parte de um sistema fechado da Língua. Que as Letras possam transbordar as fronteiras do alfabeto, da linguística, da gramática, da fonética, da morfologia, da semiologia, para que a gente siga encontrando modos de (des)fazer nosso ser — modos de afetar a vida, de honrar a vida, de viver algo de real, quando na beira do precipício encontramos uma mão. A mão de um outro. A estranha mão que reconfigura nossa história. Afinal, apenas no absoluto desconhecimento do eu e do outro podemos de fato criar, e talvez amar de outra forma, no (des)fazimento dos eus em nós.

4 - APÊNDICE: INTRO-VERSÃO

O mundo só não me amedrontaria se eu passasse a ser o mundo.
(Clarice Lispector, A Paixão Segundo G.H.)

A Intro/versão pode ser definida como uma retirada do investimento afetivo da realidade exterior, ou seja, como uma redução radical das relações libidinais do sujeito com o mundo, entendido como a realidade fora do Eu, ainda que essa realidade seja em algum grau, como os psicanalistas afirmam, uma projeção do psiquismo, ou seja, não exista sem sua conexão com o mundo interno, com a subjetividade, com a forma social internalizada e simultaneamente forjada pela pessoa. Por isso, em época posterior à reflexão freudiana, e como consequência dela, reconhecemos que não existe propriamente **a realidade** exclusivamente exterior e externa ao sujeito, como algo independente da sua composição em articulação com os sentidos, com as sensações, com as imagens das coisas, com as palavras e os sons, com os pensamentos e os desejos; de modo que não existe uma *realidade-em-si* (um f-ato) que não seja, em algum grau, uma projeção da realidade psíquica do sujeito, constituída pelos modos humanos de linguagem, de simbolização, de imaginação e como construção social.

A realidade é uma zona de fronteira entre o eu e o que seria realmente *o externo* se não existissem a linguagem e o pensamento. A existência de fronteiras implica o movimento de ir e vir, de atravessar e retornar, mover-se em tempo e espaço variáveis, em zonas nas quais o dentro e o fora variam, e os tempos não são exclusivamente cronológicos. Desta forma, como asseverou Freud (1938)[5] no final da sua vida, tempo e espaço não são dimensões invariáveis e universais que estruturam o pensamento humano; mas sim dimensões variáveis, diretamente afetadas ou mesmo determinadas pelo psiquismo, o qual é, por sua vez, fundado no interjogo das relações sociais desde o (não) desejo inicial de um outro ser humano, que lança a pedra fundamental do eu[6] — eu e outro estão entremeados desde a origem. A forma humana (Iluminista, ocidental, globalizada) de mensuração das ações humanas no mundo, efetuada geralmente por meio da linguagem matemática em suas diversas aplicações, tenta garantir um estatuto permanente e universal ao transcorrer do tempo e ao percorrer do espaço em diferentes aspectos da vida: as idades de uma pessoa e as fases do ciclo vital; o caminhar histórico medido em séculos, dividido em eras ou idades; a evolução e o progresso contínuos e lineares, a partir de uma origem situada no passado, e em movimento retilíneo e mensurável para o futuro: A causando B, B causando C, C causando D, passando a cada etapa pelo escopo de um determinado tempo presente e seu Espírito, de forma causal e sucessiva.

Tal permanência universal do tempo e do espaço seria atestada pela repetição matemática dos intervalos de tempo e das dimensões espaciais, os quais seriam formas universais e estruturantes do existir humano no mundo. Ninguém, contudo, vai negar que a noite insone demora muito mais tempo a passar do que a noite bem dormida, ainda que ambas possam ter tido a mesma cronometria; tampouco que a caminhada até o trabalho se torna mais longa no dia seguinte de uma noite mal

5 Num breve escrito publicado no último volume de suas Obras Completas, intitulado "Achados, Ideias e Problemas", no qual Freud anota algumas ideias que o habitavam naquele momento, 1938, em Londres, ele escreve o seguinte: "O espaço pode ser a projeção da extensão do aparelho psíquico. Nenhuma outra derivação e provável. Em vez dos determinantes a priori, de Kant, de nosso aparelho psíquico. A psique é estendida; nada sabe a respeito." (Volume XXIII das *Obras Completas de Sigmund Freud*, Edição Imago, p. 336).

6 Certamente, essa ação humana que funda um sujeito, a partir de um outro sujeito, não exclui o substrato genético-biológico do indivíduo, mas o biológico é mobilizado a partir do que vem do social.

dormida do que quando acordamos bem-dispostos e animados para o trabalho. Tempo e espaço são subjetivos, logo são construções sociais, ainda que se possa tentar controlá-los por meio da quantificação em unidades numéricas. A obra neurótica é a obra da contenção e do controle, e nada mais útil a essa construção do que um sistema matemático e racional de metros e de segundos. Relógios e trenas. O progresso humano é um caminho da engenharia, da tecnologia, do conjunto de códigos e leis de funcionamento da sociedade, dos prazos de um processo judicial e das penas para cada crime, e mais recentemente de uma teoria econômica descolada das ciências sociais, que também se alicerça basicamente em gráficos e equações, taxas de juros e de câmbio, fingindo deixar a emoção e o interesse dos agentes financeiros fora dessa racionalidade. As taxas de juros tornam-se entidades científicas quando na realidade são efeitos político-sociais, fruto do jogo de mãos visíveis, ainda que incomensuráveis e muitas vezes incompreensíveis. Obviamente, o sonho, que constitui nossa matéria primordial, bem como as paixões, são uma verdadeira e imprevisível tempestade, que atinge em cheio a esse mundo matemático de supostas estabilidades, leis gerais, gráficos e curvas modelizados e de progresso infinito.

Freud, que me parece ter permanecido kantiano em relação às dimensões tempo e espaço durante grande parte de sua vida, no sentido dos fundamentos lógicos que estruturaram seu modo de pensar, mas que por isso mesmo ele os confrontou e até afrontou (aqui nesse espaço tenho direito (ou não) a meu livre processo especulativo, e vou em frente!); assim, repito aqui com os meus botões, Freud, que permaneceu kantiano durante grande parte de sua vida, no sentido de que seu pensamento forte confrontava o pensamento forte do filósofo de Königsberg, afirmou peremptoriamente numa de suas última anotações, no seu dolorido exílio londrino, que tempo e espaço, esses universais kantianos, alicerces do pensamento esclarecido, bases ditas universais do pensar, eram projeções da psique, ou seja, decorriam ou articulavam-se, no seu existir, a partir do existir subjetivo do indivíduo inserido num coletivo, de modo que não seriam universais apriorísticos aos quais todos os pensamentos humanos estariam submetidos. Certamente, com o predomínio cada vez maior do indivíduo sobre o grupo na modernidade, a possibilidade de que tempo e espaço fossem subjetivamente compartilhados reduziu-se. Não é preciso chegar ao grau de introspecção e de pluriconsciência dos personagens de James Joyce ou de Virgínia Woolf para compreendermos a queda dessa ideia universalista sobre as dimensões tempo e espaço; e sobre outros elementos comunitários.

Medidos de forma arrogante por meio de cronômetros e de réguas deveras precisos, a duração e a espacialidade se relacionam diretamente com o estado de alma do indivíduo, mas também dos corpos biológico e social, todos imbricados, logo e ainda, elas dependem da paciência (ou falta de) do sujeito — e aqui agora do leitor. Quem há de perceber quinze minutos numa fila de banco da mesma forma que quinze minutos num beijo apaixonado? Ou quem há de percorrer 5km numa bela costaneira da mesma forma que 5km nas ruas de uma cidade cinzenta e poluída? E mais importante: quem a de ler Freud (ou Skinner) sem se irritar? Não me atrevo a falar sobre este pequeno livro que ora lês... A realidade externa é uma projeção do psiquismo, fundado no encontro com a sociedade e com a materialidade das coisas, porém, com uma ressalva fundamental, a de que o construtor da realidade no que ela possa ter de individual, ou seja, tal e qual como percebida e vivenciada por ele, não seja considerado um louco ou um desajustado pelas pessoas de sua convivência, de modo que a expressão de suas experiências deixe de fazer sentido para o grupo social ao qual pertence. Sim, existe o fenômeno da *folie* à *deux*; e existem também fenômenos de fanatismo de massa, como o Nazismo, cuja *ratio*, ainda que existente dentro do grupo em transe, não pode ser considerada de outra forma que não uma chocante e repugnante destrutividade, talvez a forma mais adoecida de apaixonamento. A paixão da destruição do outro, reduzido a um corpo a ser gozado: nos apaixonamos entre nós por meio do ódio ao outro, a todos que sejam outro, ou seja, que não compartilhem do mesmo imaginário, geralmente caracterizado como "de bem" e "superior". O ódio faz dupla face com o amor, pois o laço amoroso, da forma como tem sido construído no mundo de povos nacionais, no mundo das nações modernas, é sustentado pela inferiorização do outro povo, e no extremo pela sua desumanização — é nesse ponto que ocorrem os genocídios. Talvez, o amor devesse ser outra coisa bem distinta do apaixonamento... como se relacionam tempo, espaço e amor?

Como saber se um introvertido é um desajustado? Será sua introversão prova de loucura ou de sanidade? Se o sujeito prefere (?) habitar seus complexos ou insossos devaneios, por que deveria ele adentrar sua porta da lei no sentido kafkaniano? E ingressar na chatice magna e limitadora do pensamento lógico ou nos acordos questionáveis da vida comunal, que aliás é cada vez menos comunal em tempos de redes (anti)sociais e hiper individualismo, por mais que ainda nos refiramos à sociedade... ainda faz sentido? Bom, existem pelo menos dois motivos que nos forçam a todos a ingressarmos na lei: sobreviver do ponto de vista objetivo (nenhum filhote humano é capaz de se auto nutrir e criar), mas também do ponto de vista subjetivo, pois sem a rede simbólico-afetiva, desde o nome próprio dado a cada indivíduo, como existiríamos como pessoas sem essa base ao mesmo tempo objetiva e subjetiva? Certamente, mesmo os considerados criminosos não estão completamente fora da lei no sentido amplo, pois está se aplica a eles e reveste seus crimes de forma e de conteúdo (os tipifica); são crimes aos quais geralmente eles reconhecem internamente, mesmo que os neguem externamente por uma questão de defesa (jurídica, mas também psíquica), e eventualmente por vergonha. Nesse sentido, a intro/versão parece mais uma escolha (inconsciente?) pelo recolhimento de si, o sujeito se retira do jogo das relações ao máximo, de modo que participa do jogo social o mínimo necessário à sua sobrevivência. Ele se defende desse encontro aflitivo com o outro, com a realidade externa tal qual a percebe e sente, um encontro que o ameaça existencialmente, que coloca em questão a sua identidade, que ameaça as suas fronteiras, seu corpo e sua mente. Ele preserva uma versão de si diante de um mundo assustador. Uma versão talvez idealizada, mas que ele percebe insustentável na realidade da vida prática.

A intro/versão não é um fenômeno exclusivo dos ricos, ainda que estes talvez sobrevivam melhor nessa posição, afinal, a necessidade objetiva não os forçará da mesma forma ao mundo externo para comer, para se agasalhar, para trabalhar etc., uma vez que podem encontrar meios de sobrevivência objetiva usando o dinheiro que herdaram ou as mesadas e dividendos que recebem. Ainda que saibamos, truísmo dizer, que existir nunca se restrinja a essa dimensão da necessidade objetiva básica: casa, alimento, trabalho. Mas, mesmo que consideremos a questão da sobrevivência objetiva o maior imperativo para que os sujeitos superem a posição introspectiva, e se lancem ao mundo externo, a intro/versão é um movimento da libido visto em todas as classes sociais. Ainda escutamos teses empedernidas afirmando que discussões sobre saúde mental são privilégio de gente rica, mas no fundo sabemos que isso não é verdade. Quem ainda tem essa visão, provavelmente andou pouco pelo mundo e certamente não visitou uma clínica psiquiátrica. Talvez, falte coração também, ainda que coração aqui não seja propriamente um termo técnico, o que poeticamente aumenta a sua precisão. (Corações: pedras solitárias — estariam se tornando?) Consideramos que a intro/versão é uma escolha inconsciente (ainda que o sujeito possa vir a ter consciência dela na confrontação de suas dores e impossibilidades existenciais), por meio da qual sujeitos em diferentes grupos e classes sociais retiram-se do jogo das relações sociais por medo de uma invasão, por sofrerem de uma porosidade em suas fronteiras corporais, por sentirem uma fragilidade em seu Eu no sentido da identidade ou ainda por não disporem de repertório emocional para o (des)encontro com os outros. Há, contudo, alguma sabedoria nos medos dos introvertidos assim como na impossibilidade dos melancólicos: o outro pode de fato se tornar um invasor; e a impossibilidade das realizações geralmente vai se mostrar real como sabe o melancólico: "oh vida, oh céus", não vai ser possível, não vai dar certo, não tenho nem vontade de tentar... e é verdade na maioria dos casos, não? Será o autor desse texto um melancólico? Ou a sorte é f-ato para poucos heróis? Aqueles que conseguem alcançar a imortalidade!

O fato é que exceto talvez pela própria vida, não existe milagre no reino dos seres vivos. O que existe nas relaçoes sociais é um constante descompasso entre o eu e os outros, entre a minha fala e a tua escuta, entre a minha pontuação e a tua leitura, entre o meu desejo e o teu desejo, entre o meu movimento e o teu movimento, entre o meu tempo e o teu tempo. Não há relação sexual, afirmava Lacan, em um de seus famosos, e exaustivamente repetidos, aforismas. As pessoas, todavia, continuam sonhando com o amor e, principalmente, elas se beijam e transam por aí — talvez transem menos na década de 2020 do que na década de 1970, quando o pensar libertário, em diversos aspectos, parecia conduzir a reflexão mais geral e os comportamentos em grande parte do mundo ocidental; mas, de toda forma, os corpos anseiam por corpos, e os afetos anseiam por afetos... ou nem sempre? Dependerá da socialização? Dependerá do temperamento? Dependerá da versão possível de cada um? Então, não seria bem um instinto sexual... uma pulsão? Uma versão? Uma extro/versão? Uma intro/versão? Uma per/versão? Ou amar não teria relação com o sexual?

Os jovens introvertidos talvez não transem, ou transem meio conduzidos pelo outro (seria isso um bem ou um mal?), mas talvez principalmente apenas sonhem com o amor, já que o amor, na sua exigência de intimidade é a maior ameaça possível a um introvertido. Amar pode gerar a-versão, o desaparecimento do sujeito. Ou pode fazer aparecer outra versão, que talvez estivesse ainda mais escondida... uma x-versão. Um amor sem corpos, claro, é possível, no dentro da caverna, no mundo dos filósofos e dos anjos ou na rede (anti)social... é uma outra *versão* de amor, talvez mais segura para as fronteiras do introvertido. Deparar-se com o corpo nu de um outro ser humano, expor o próprio corpo nu, deveria ser simples, até natural, mas parece que não costuma ser... são muitas versões e avessos emergindo num único momento, afinal, como indaga o psicanalista Darian Leader: "Alguma vez é só sexo?"[7] Será possível ser romântico, no sentido da idealização amorosa, no século XXI ou o romantismo será um recurso ao qual se ape-

---

7 Leader, D. *Alguma Vez É Só Sexo?* Rio de Janeiro: Zahar, 2024. No original em inglês o título é *Is It Ever Just Sex?*

gam os introvertidos (não só eles, não é?) para racionalizar seu fracasso nas relações reais? Será possível viver o amor de forma livre no século XXI em meio a uma maré conservadora tão intensa? O que aconteceu com o pensamento libertário de 1968? Com a liberdade sexual da Contracultura? Terá sido um efeito da Pandemia de AIDS? Ou uma consequência inesperada das lutas identitárias? E nesse mundo da tecnociência e do pragmatismo utilitarista, qual o lugar de um introvertido sonhador? Se juntar à horda dos chamados deprimidos? Desistir? Viver na absoluta solidão? A destituição de si... e nesse processo, talvez e quando possível, um encontro com a Arte, com as Letras, como redenção expressiva, como apelo à distância ao outro, como versão possível de adentrar o mundo externo? Como resposta ao atravessamento do vazio, no encontro com alguma ociosidade nesse mundo sem espaços e tempos vazios — o que as redes sociais não preenchem com seu murmurar incessante e cruel que faz revoar, a todo instante, o pássaro do tédio que chocaria os ovos da *Experiência*?[8]

(Eu, que sou um introvertido de carteirinha e sobrevivi com muita ajuda de livros, de discos, de DVDs, e não posso negar, muita psicanálise, pensei em certo momento: "não consigo inventar realidades externas, mas sempre quis ser escritor, desde garoto; não tenho a genialidade de Clarice ou de Joyce para realidades internas, e minha poesia está-aí no mundo sem impactos ou relevância". Diante disso, como não sei criar realidades externas, os mirabolantes cenários, personagens, imagens e tramas que alimentam os mais variados gêneros: os romances, as novelas, os contos e as peças de teatro; e tampouco

8 "O tédio é o pássaro de sonho que choca os ovos da experiência. O menor sussurro nas folhagens o assusta" (Benjamin, W. "O Narrador" in *Magia e Técnica, Arte e Política*. São Paulo: Brasiliense, 1994, p. 204).

tenho dilatação subjetiva para mergulhos profundos e criativos pelas entranhas do ser, pensei: "posso escrever sobre a intro/versão, que conheço bem, há muitos anos, ainda que parcialmente superada, nunca completamente, afinal, sujeito sempre a recaídas que sou" — especialmente após o enclausuramento sanitário durante a Pandemia de Covid-19 e seus amplos efeitos psíquicos sobre tantos de nós! O desejo de escrever pode então se atualizar por meio dessa escrita que fala do dentro, fala de um tempo e de um espaço que não se articulam em um mundo à semelhança do mundo real, mas de um tempo e de um espaço completamente internos, invaginados para o tubo da alma, justamente porque não consigo ser uma versão para fora, a cada dia menos exterior, a cada dia mais inseguro em relação ao outro e ao Outro. A-versão possível.)

(É uma espécie de metafísica da introversão, não é nem a criação de um fora imaginário e transcendente, tampouco a descrição criativa desse dentro, mas a terrível, e talvez desnecessária, articulação compreensiva do espaço fronteiriço, nem eu nem outro, "qualquer coisa de intermédio" como na poesia de Sá-Carneiro. Reconhecendo-se que em toda alma habita uma barata, aquela coisa clandestina, visceral e gosmenta que carregamos — muitas vezes não o admitimos, claro — , faço apenas esse sumário abstrato, pois as imagens estão com Clarice e sua G.H., que se ressignifica em duplo com uma barata agonizante e prestes a ser devorada. Cada um que imagine agora a barata que habita o seu cérebro ou o seu intestino, com suas perninhas, asinhas, anteninhas e gosminha branca. A barata é em nós um delicado substituto para o Real.)

Não me perguntem por que separei os trechos entre parêntesis, foi uma opção do autor além do autor. As Letras e demais ferramentas têm uma força, ou não existiria eficácia simbólica, tampouco ato falho. Intenção da obra, talvez.

Certamente, a esta altura desse escrito, os leitores críticos puristas e letrados estarão me taxando presunçoso. Talvez eu o seja, e eles tenham razão, mas em meio às minhas inabilidades e preguiças estão meus sonhos, e por eles sigo imprensando este grafite contra a folha em branco diante de mim (é verdade, escrevo à lápis)[9], em um gesto que na pior das hipóteses, preenche meu tempo — numa relação mais autêntica com o tédio, com o vazio. A realidade é insuportável para muitas pessoas, seja pelo horror que de fato enfrentam — são tantas misérias mundanas que não preciso elencá-las aqui — , seja porque são extremamente sensíveis ao que se lhes apresenta. Neste segundo caso, trata-se da *porosidade dos poetas* (ou dos desidentificados), como descreveu Keats[10] ao sentir-se esmagado pelos outros presentes numa mesma sala de estar. Como não se invaginar, dobrando-se sobre si, abrindo tubos dentro de si, para o interior, revirando-se como uma concha, quando se é aniquilado subjetivamente pela simples presença do outro, pela

---

9 A primeira versão foi de fato escrita à lápis, não sei ao certo quando. Esta versão ora publicada partiu de um arquivo que encontrei com a digitação de uma parte do que estava no caderno. Infelizmente, no meio de tantos cadernos que guardo, não encontrei o que continha a primeira versão completa desse texto. De toda forma, trata-se de um texto escrito e remendado em dois tempos muito distantes no tempo cronológico. Ele cabe aqui, pois o desfazimento pelas letras tem uma relação com a intro/versão, ou com os danos psíquicos que se relacionam com a introversão.

10 Lemos na "Introdução" ao livro *The Complete Poems of John Keats*, publicado pela Wordsworth Poetry Library (2001), o seguinte trecho de uma carta de Keats: "When I am in a room with People ... the identity of everyone ... begins to press upon me [so] that I am in a very little time annihilated" (Letters, 1: 387). Essa aniquilação que se abatia sobre o poeta estava relacionada a fragilidade de sua identidade, mas justamente essa fragilidade egóica o deixava mais sensível à presença e à invasão do outro. O convívio social tem um preço altíssimo para quem se sente esmagado pelo outro, e a poesia certamente ajuda os introvertidos que se fazem poetas, como modo de minimamente organizar ou se defender do Império que vem da presença do outro, na presença do outro. Também é importante pensar como as relações sociais à distância esvaziam o peso da presença e podem ser um alívio para os introvertidos. De toda forma, mesmo nas redes sociais, o eu indefinido se sente ameaçado e invadido pelos modos de "presença-ausência" do outro, mas é possível que exista uma pressão menor do outro sobre o Eu na chamada "realidade virtual" vide os descalabros que as pessoas, famosas e anônimos, têm o despudor de escrever/dizer.

básica possibilidade de uma relação afetiva com o outro? O introvertido é uma espécie de ser-concha que carrega dentro de si os ruídos dos mares sempre bravios que vislumbra no outro, e que reverbera quando e como pode no dentro-de-si — ou, talvez, por meio da arte — ah, essa mania de esclarecimentos, não nego minha filiação, ainda que insista em buscar as margens — seria de fato marginal, ou faria apenas um semblante para tolos? Essa versão explicativa me dá um lugar... professoral, chato, arrogante talvez.

Existem, é claro, indivíduos muito bem adaptados à realidade dita externa, os fálicos (extrovertidos?), eles, elas ou elus, que seguem hegelianamente desbravando a natureza, desvirginando mocinhas inocentes, com o falo pleno e duro, como o João de Santo Cristo do Renato Russo ou queimando florestas centenárias, progresso a todo vapor, como o... seguem atribuindo lógicas cartesianas ou lógicas militares ou lógicas capitalistas ao fluxo dos acontecimentos, geralmente manejando bem a norma culta da Língua, ou não tão bem assim, mas isso não deveria ser relevante... Não importa quanto horror haja no mundo, os fálicos (seja qual for a letra de sua identidade de gênero, mas reconhecendo que geralmente se trata de homens cis heterossexuais) vão conquistar e vencer sem se preocupar muito com os outros, pois o mundo interior (e o exterior também) raramente lhes apresenta boletos! Os fálicos, cheios de si e cheios de razão, por certo não suportam, porém, uma brochada (os introvertidos não correm esse risco, afinal sem sair de si como chegar ao risco da brochada?), então tomam guaraná em pó, catuaba ou usam outros energéticos — bom, isso era verdade bem antes do advento do *viagra* e da compra, no atacado da indústria farmacêutica e dos planos privados ou públicos de saúde, de próteses penianas. De todo modo, um grande líder carismático, um general de quatro estrelas, um homem de negócios, um executivo de multinacional, esses homens poderosos não podem ter disfunção erétil — como assim, não é? O problema é que brochar — os fabricantes dos remédios para disfunção erétil que me crucifiquem — é necessário para a boa compreensão do existir e do amar, especialmente no universo dos fálicos, daqueles que tem um Eu bem definido demais, sem nenhum buraquinho, sem nenhuma linha torta, que se acham perfeitinhos e sempre cheirosinhos — mesmo quando fedem, é claro. Nunca pecaram, insistem, e defendem a pena de morte e o apedrejamento, real ou virtual, de quem quer que seja que tenha *decaído*. Na realidade, não sentem o próprio odor insalubre, não escutam ou veem a própria violência, sentem-se um Eu poderoso diante de outros quase sempre inferiores e domináveis.

Eu diria ainda que reconhecer que todos podemos brochar (ou deprimir ou desinflar) é realmente algo vital para a superação do atual momento histórico-social. Ainda que a Depressão seja reconhecida pela Organização Mundial de Saúde como uma Epidemia global e que muito se fale sobre a doença Depressão, pouco se discute sobre a relação entre a Depressão e o modelo de subjetividade que se espera do empreendedor-trabalhador-cidadão capitalista do século XXI. Quem sabe se a riqueza das nações mudaria de sentido após uma brochada geral, e nesse caso não haveria uma *mão invisível* para resolver o problema, equilibrar os fluxos sanguíneos, apaziguar os medos e manipular o falo com habilidade e dedicação, restando lassidão e medo, encolhidinho num canto da sala, o PIB lá embaixo, os ricos preocupados com seus milhões, talvez humanizados entendessem algo diante do clamor humano, da fome e da sede humana. Assustados. Introvertidos finalmente. Emasculados encurralados no corner da verdade. A introversão ganha sentido quando percebemos o horror do mundo neoliberal que permanece um mundo de Imperialismos e de Dominação apesar da ONU, do Direito Internacional Humanitário, da Cruz Vermelha, dos Médicos Sem Fronteiras, e o que mais houver de similar. O falo nuclear dolarizado ainda domina o mundo... como o nomeia Paul Preciado: o "modo de produção petrossexoracial" [11] e sua estética fálica ainda imperam sobre o mundo.

A introversão é quase como uma recusa ao mundo que funciona na lógica da potência-impotência, na separação total entre vitória-derrota; entre pensamento e ação; entre bem e mal; entre o eu e o não-eu. Sob que ordem social seria possível uma outra versão de eu, menos defendida, menos suscetível, menos assustada? Mais livre, mais plena de suas divisões e de seus paradoxos, mais pansexual e desperta em relação ao próprio erotismo! Haveria na intro/versão o desejo ou a necessidade de constituir outro mundo, alicerçado em outros tempos e outros espaços? Em outras identificações e identidades ainda em desdobramento? Como construir uma outra realidade na qual a lógica fálica possa ser definitivamente enterrada, na qual não se trate mais de penetrar o buraco do outro a todo custo, mas de estar junto dele, para que aí sim as versões possíveis e diversas possam conformar uma potência não-fálica? Essa nova realidade adviria (talvez não somente) de quem mergulhou dentro de si como único caminho possível no existir, e encontrou além de baratas e gosmas viscerais, as questões impossíveis da vida, diante das quais é preciso ser mais humilde, mais tolerante, mais gentil, e principalmente é preciso uma sociedade verdadeiramente comunitária na qual o Nós venha antes do Eu. Não se trata de abolir o eu, mas de reorganizar as relações entre o nós e o eu, as quais estão desequilibradas, de forma excessiva,

11 Preciado, P. B. *Dysphoria Mundi*, 2023, p. 42. Editora Zahar.

para o lado do eu. Para o lado do eu identificado ao poder fálico e à submissão a esse poder ou ainda à necessidade de confrontar esse poder. Confrontar o poder fálico não pode se tornar uma instância que sustenta o poder fálico como inimigo necessário — uma parte do Feminismo faz isso ao não considerar que homens heterossexuais possam ser aliados!

Se o introvertido se aniquila com a proximidade dos outros, pode não ser apenas uma questão de ter ou ser um Eu fraco, pouco fálico, sem bordas infladas e bem definidas, mas a possibilidade de soerguimento de um Nós, um Nós mais dionisíaco onde as fronteiras e propriedades seriam mais fluídas, espécie de teatro grego antigo ou de mutirão autopoiético: organizações sem chefes definidos de antemão e sem poder de matar ou mandar matar: grupo sem estrutura fixa — multidão, mas em sintonia. Sem a necessidade fálica de violência, pois no mundo dionisíaco, como em certas sociedades da floresta e povos indígenas, a relação com a propriedade é outra, a relação com os corpos é outra, a relação com a terra e com a vida é outra, bem distinta da relação capitalista, especialmente na sua forma neoliberal, ultra-utilitarista. A propriedade não é algo que se quer acumular para consumir, e voltar a acumular e a consumir, e sempre mais, e mais, e mais; não, a propriedade dionisíaca é circular, segue o fluxo das forças fraternas e da alegria do existir, as fronteiras se ampliam coletivamente, e as estruturas estão em constante mutação. O eu não precisa tanto da propriedade para afirmar a sua existência singular, sua singularidade se faz na relação com o coletivo e seus movimentos afetivos. Habitar a vida é sempre Co-habitar.

Há comunidades onde o domínio técnico não visa além

da contribuição ao grupo e da troca social, ou seja, a pessoa existe na sua relação com o coletivo, e o domínio técnico complementa essa relação — esse deveria ser o cerne de qualquer discussão ético-política no século XXI, mas estamos muito distantes disso. É mais provável que os bilionários façam uma nova Dubai em Marte do que o ser humano iluminista (pretenso iluminado) encontrar um caminho rumo ao dionisíaco-coletivo, ao sem fronteira, ao sem posse, ao comunal, enfim, a um mundo onde brochadas e mísseis não importam, e onde o poder é circunstancial e irrelevante porque todos aceitam a sua circulação e pluralidade. Um mundo no qual as versões do eu não dependem tanto da posse histórica de coisas e atributos, que historicamente precisam ser negados ao outro para garantir meu status pessoal, minha imagem imperial, bem como o *status quo* político-econômico.

Viver nessa contemporaneidade líquida, pós-histórica, pós-pensamento, não quer dizer que o Ser nos escapa completamente, pois sejamos hegelianos ou introvertidos, estamos ainda no campo amplo do pensamento obsessivo: políticos, banqueiros, cientistas, professores, psicanalistas, operários, vendedores, faxineiros, tímidos, não importam nossos atributos, não nos libertamos ainda... O Ser escapole aos poucos, de forma sútil, não por meio de um desaparecimento radical. O Ser é feminino (me perdoem os vícios metafóricos não superados por mim, decorrentes da minha geração e da minha formação — será sarcasmo da minha parte?), tem suas artimanhas, ele/ela/elu se despe de forma lenta, com sensualidade, sem entregar seus segredos de uma vez ao neurótico fálico ou mesmo ao perverso destruidor. O modo de pensar obsessivo não tolera essa astúcia feminina de escapar à constrição lógico-racional, esse mais além do mundo matemático-financeiro, esse corpo furado e úmido, que pode acolher (ou não) o universo conforme a força dos afetos. O introvertido, porém, sabendo algo que os hegelianos não sabem, sabendo dos apelos insustentáveis da racionalidade, sabendo da fragilidade inerente a qualquer identidade, ele não concede avanços ao processo produtivo, ele duvida demais dessa realidade fálica e imperialista, permanecendo em risco, permanecendo ameaçado, permanecendo a-versivo. Talvez, o introvertido seja quem mais resiste às armas do biopoder, pois ao se afastar do Outro, ele se afasta das formas de Império, mas também das formas de proteção socialmente produzidas e validadas. Ao viver no avesso, no *intro* de si, ele articula uma resistência, pois não aceita os modelos de extro-versão cultuados. Ansiamos a nova versão que virá... se virá... algum dia.

Kafka certamente era um introvertido, daí a força *real de sua realidade absurda*, as metáforas que não parecem metáforas tal a concretude do absurdo por ele descrito — mas, genial acima de tudo, porque o absurdo kafkaniano é a realidade, seja dos corredores sinuosos e insalubres de um Tribunal ou dos modos de dominação burocrática-policial sob o poder político do Castelo inacessível. Um hegeliano, senhor da burocracia e seus regulamentos, cheio de energia para preencher formulários, liderar reuniões e galgar posições sociais, exímio gestor de repartição pública ou de projeto privado, jamais enxergaria kafkaniamente as loucuras e os abusos do processo administrativo, menos ainda as violências de gênero, o racismo e as demais formas de preconceito social e mesmo de abuso de poder, ou seria obrigado a se ver como parte delas, como parte de sua estrutura, como parte enfim do sistema de dominação e seus tentáculos tecnológicos... É verdade que, no caso de Kafka, o medo jogava um papel fundamental na sua intro/versão. Será todo introvertido um medroso? Bom, se assim for, apelemos por mais medrosos como Kafka e menos hegelianos de carreira! Como seria o mundo nesses termos? Talvez, por um golpe inesperado, fosse menos violento e louco. Talvez, fosse mais comunitário e dionisíaco. Seria isso apenas um sonho de gente introvertida? De gente que recusa os papéis hierarquizados de uma sociedade absurdamente desigual, racista e misógina?

O que a realidade se encarrega de destruir, com maior ou menor impiedade, é o sonho. Mas, como dizia Clarice (ou G.H.), talvez só seja possível amar quando não houver mais esperança de amar... quando não houver mais o sonho do amor que completa, será o amor que... Interessante é que nas terras cujos povos dizem prezar a liberdade, seja no sonho da produção técnica ou no sonho do dólar, vencem os fálicos, os agressivos e até os violentos e mentirosos contumazes, os que dominam as estruturas hierárquicas do mundo externo, os especialistas na administração científica, nos modelos matemáticos, nas técnicas de feedback, nas metodologias ágeis, enfim, na parafernália chamada gestão de negócios, de pessoas e de processos — e também, no limite, capazes de mobilizar mais violência entre as pessoas. No final, literalmente, das contas, só há liberdade para desempenhar herculeamente seu papel de vencedor social, esteja você no topo da cadeia alimentar ou na base, seja um rei ou um peão, um general ou um soldado, um alto executivo ou um supervisor de estoque, um *uber black pró-diamond* ou um entregador de comida que usa a bicicleta de aluguel da cidade, não importa, a liberdade é dos tubarões em seus diferentes aquários — o mundo é dos predadores, onde e quando não é preciso vislumbrar? Mas, e a liberdade para ser um introvertido fracassado e feliz? Para ser humano (apenas)? Para ser um poeta da margem? Para ser uma versão desadaptada? Para ser uma pessoa trans ou um amante das plantas? Onde está essa liberdade? Há um enorme mérito na intro/versão, mas apenas introvertidos podem reconhecê-lo no mundo extrovertido das contas e das imagens perfeitas! É como o Congresso de *Ghost Writers* criado pelo Chico Buarque[12]: um *ghost writer* só pode contar suas façanhas para outro *ghost writer*, ou ferirá a ética de sua profissão; mas, até mesmo *ghost-writers* precisam de algum reconhecimento social, então fazem seus congressos como uma convenção de bruxas, em segredo, sem trair ao mundo seu contratante, que assina algo que foi escrito para ser dele, mas não é. No in-verso há *Deep fake*, o que mais? São as (per)versões do mundo de fora, enquanto o introvertido se emaranha com as (di)versões do dentro. Mas, se o fora depende do dentro, o dentro não dependeria também do fora? E fora e dentro então se fundiriam como na Banda de Moebius? Nesse caso, não teria Lacan alguma razão, apesar de sua paixão pelo falo e sua força na extro/versão?

Se a introversão for uma Defesa Psíquica devemos voltar a Freud — o eterno retorno a Freud... Segundo *Herr Doktor* Sigmund, todo sujeito ancora-se e finca-se na realidade (ou fora dela) a partir de uma certa posição defensiva, a qual se caracteriza como um modo psíquico predominante de negação, seja a negação e recalcamento de um desejo insuportável e proibido, seja a denegação de um traço muito específico da realidade, seja a recusa da realidade de maneira mais radical. Freud refina essas formas de negação ao extremo em suas análises, mas o *guarda-chuva* teórico ergue-se a partir da visão de que ninguém pode prescindir de algum tipo de negação; afinal, como suportar a realidade angustiante da vida e da morte sem uma nega-

12 No romance intitulado Budapeste. (publicado pela Companhia das Letras, 2003).

çãozinha básica? Seja do desejo (o dentro?), seja da realidade (o fora?)! *Verdrängung; Verleugnung; Verwerfung.* Dizem os psicopatologistas estruturalistas: neurose, perversão, psicose. Mas, e no caso da intro/versão, de que negação se trata? Viver para dentro preservando os desejos mais viscerais, que são os da carne, do poder e da destruição, Eros e Thanatos em suas facetas mais básicas e indiferentes? Permanecer preso ao narcisismo devido à sua fragilidade identitária? Devido à incerteza de si-mesmo diante do outro? Viver na fronteira encontrando uma forma de velar a própria verdade? Viver para fora lidando com as frustrações e desencontros da vida? Qual sua posição José? Você saberia a sua Maria? Que outras posições seriam possíveis nessa complexa fronteira? Muitas certamente, mas: **afinal, seremos todos negacionistas em algum grau? (pergunta de efeito bombástico no mundo anticiência e da pós-verdade).** Como a Ciência se distingue da Religião no modo de negar algo da realidade, algo que nos é permanentemente impossível? Permanentemente insuportável? Permanentemente impermanente? Uma proporciona próteses e tecnologias, e a outra sustenta a crença em milagres, seria isso? E a Arte, como se relaciona com a estrutura negacionista do psiquismo humano? Talvez, a Arte *re-vele* ao invés de ocultar, recalcar, desmentir, recusar, mas ainda assim seguimos sem cruzar completamente a fronteira para o fora, ou sem receber totalmente o outro no dentro em nós. Poderíamos deixar de lado essa ideia de negação e pensar a vida a partir da afirmação? Não situar a verdade na angústia, mas sim na alegria? Não situar o poder no falo e na lei escrita, mas na poesia oral e nas relações imprevisíveis entre os seres? Poderíamos afirmar [o Eu] sem ter que negar [o Outro]?

Disse um grande poeta que todo mundo é parecido quando sente dor, mas será mesmo assim? Vocês talvez saibam que respeito e admiro muito os poetas porque, com sua exacerbada porosidade ao outro, com sua abertura ao estranho, mas sem enlouquecerem completamente (ou algumas vezes enlouquecendo), eles conseguem dizer algo mais preciso e re-velador sobre esta terra sem dono a qual chamamos Realidade, esse espaço entre o eu e o outro, essa fronteira transubjetiva onde a vida se desenrola. O introvertido, mais ou menos sabedor do drama que se desenrola entre o eu e o outro, evita esse estranha terra chamada realidade, por vezes fértil e bela, por vezes seca e feia, mas sempre de fronteiras indefinidas, campo minado de angústias, onde o erro, a dor, o medo e o desencontro surgem frequentemente. Ele o faz justamente porque seus contornos são frágeis, as linhas que desenham seu corpo simbólico, identitário, são incertas, existe uma insegurança de base acerca de sua própria silhueta egóica, o que gera o temor de ser esmagado pelo outro, como uma barata pisoteada, como esse ser geralmente visto como desprezível e nojento, como uma (não) vida matável. Talvez essa insegurança em relação às linhas de fronteira decorra de experiências inaugurais de invasão, afinal o bebê e a crianças na sua dependência do outro cuidador, tornam-se seu objeto de cuidado, de amor, de educação, mas também de controle, de violência, de abuso e de dominação, em diferentes níveis de intensidade, de diferentes modos, intencionais ou não; amáveis ou não; talvez, a fragilidade das linhas demarcatórias seja devido à falta de vozes organizadoras, espécie de vazio diplomático; ou talvez ainda, uma espécie de recusa às identificações possíveis, um eu que não encontra um caminho para se con-formar a ordem do mundo, restando como uma massinha disforme, numa espécie de luta inglória contra a identificação ao Outro, seja pai, mãe, irmão, professor, ou quem for. Mas aí, como se faz? Seria possível um Eu à moda Münchhausen? Um Eu autopoiético? Mais um talvez: a poesia como fonte originária do Eu. Como em Vico, a poesia arquetipica, a poesia como arquétipo do mundo. Mas, nenhuma versão pode surgir sem outra versão, não está claro? E nenhuma poesia é fruto do UM...

A própria indefinição e fragilidade das fronteiras do seu ser é, portanto, o que assusta ao introvertido mais que tudo. Tendo a clareza da absoluta impermeabilidade do outro ao escrutínio, exceto pela paranoia ou pelo chamado sexto sentido, como se aproximar dele ou dela ou delu sem saber algo das intenções desse outro? Ou permitir-se uma aproximação sem saber se conseguirá se defender de um excesso, mesmo de um excesso de amor ou de desejo erótico por parte do outro? Se a pele do introvertido é tão porosa, se seu psiquismo se mostra tão realista, os riscos são sempre enormes à sua organização psíquica: a invasão pelo outro; a colonização; o domínio; o império e a subjugação; e no limite o desaparecimento subjetivo, o desfazimento total de si-mesmo, o seu naufrágio nas águas do outro. A intro/versão passa a ser o único modo de manter-se em relativa segurança psicológica, "aqui dentro sou eu e meus outros eus", o mundo se aprofunda, mas ao se interiorizar, se encurta; às vezes, consegue-se chegar perto um psicanalista, um amigo... alguns poucos podem entrar ao invés de invadir, respeitando quase sempre uma distância de segurança, sob pena do afastamento mais radical caso esse limite seja ultrapassado. Outras vezes, há implosão. Raramente, explosão.

O preço da intro/versão em termos das relações sociais é altíssimo. Como amar sem correr o risco do mal-entendido com o outro, sem o perigo da con-fusão emocional, ou mesmo do golpe e da má-fé do outro? Ou ainda do próprio desconhecido de si, uma vez que fronteiras frágeis podem mobilizar ao ataque, à agressividade? Como viajar para outra terra sem correr o risco de passar como suspeito na aduana ou de sofrer algum gesto racista[13]? Como participar do jogo social se as *redes antissociais* (seria um nome mais correto?) divulgam golpes e falcatruas a torto e a direito, como se a maior parte da sociedade fosse composta por vigaristas? Como confiar enfim na disposição do outro para um encontro que seja mútuo, e que mesmo no desencontro não seja devastador? Como apostar sabendo que não existe uma troca absolutamente justa no mundo das necessidades fálicas, das propriedades e das mercadorias? Como deixar de lado a lógica fálico-cristã da posse monogâmica de corpos docilizados e de boletos afetivos em perniciosos contratos de matrimônio ou de namoro? São muitos os riscos de sair da casca, de se deixar tocar na pele e na alma; mas, e os riscos de permanecer encapsulado, fazendo contas, medindo refeições e calorias, ajustando despertadores, trabalhando à distância, idealizando relações amorosas, sem ter trocas verdadeiras, como se lida com essa dor maior da absoluta solidão? Da pobreza de intimidade? Da energia libidinal em curto-circuito? Do amor nos tempos do Tinder e da pornografia digital... O coração que vai batendo cada vez mais lento... quem sabe chegando um dia na batida neutra, na batida ectoplasmática, a batida à G.H., a batida inaugural — quase morte.

Um caminho (im)possível é o desbravamento do mundo interno, a exploração do trem fantasma cerebral, o surfar do grande vagalhão, a construção de uma metarrealidade; mas, esse caminho tem seus riscos, é preciso habilidade para trans-

13 No nosso caso: brasileiros, em grande maioria pretos ou pardos, com traços que às vezes parecem ser magrebinos, outras vezes subsaarianos, o risco se apresenta sempre, pois somos o outro ameaçador na fantasia europeia-norte-americana, por mais que se trate de um trabalhador ou trabalhadora viajando em suas férias como qualquer europeu ou norte-americano branco. Exceto pelo fenótipo e pelo passaporte.

formar ou pelo menos digerir o que se revela. As crueldades que agem contra si, mas que também podem iluminar a fantasia na relação com o outro. Os desejos sexuais e suas inusitadas aparições, nem sempre condizentes com a moral superegóica. As fantasias que se apresentam como hiperidentificação ao mundo fálico, "então, já que é assim, vou comer todas, todos e todes", "vou ganhar muito dinheiro", "vou conquistar o mundo custe o que custar", "comprarei uma AK-45", "serei o híbrido Corleone-Kurtz-Brando", "Tik-Toker platinum", "influencer dirigindo um Porsche", enfim! Fora o risco de gostar — ou se habituar — desse mergulho pelas fossas abissais do mundo interno, espécie de descida ao inferno pessoal num batiscafo, como os indivíduos que descem até os restos do Titanic — pode custar muito caro e tem riscos imprevisíveis! Um deles, a gente descobrir nossa identificação de base com a barata, saber que a gosma branca da barata também faz parte de nós — bom, isso não é ruim, no fundo bem fundinho não é de todo mal saber que a gente é gosmento, viscoso, sujo, como a vida é: Sófocles; Dante; Shakespeare; Machado de Assis; Nelson Rodrigues; Virgínia Woolf; Clarice Lispector. Saber-se em comunhão com as baratas tem seu barato, não deixa de ser uma integração dionisíaca com a vida, com a *physis*, melhor do que se achar um cidadão de bem limpinho, puro, sem pecados nem dúvidas, até um dia a vida chegar sem aviso e sem palavra, e a seguir a catástrofe, a violência, o assassinato de próprio punho, logo você que se achava no controle matou uma pessoa inocente, e agora quer se safar, logo você que sempre defendeu a truculência policial, o armamento da população, o direito de defesa, e assassinou um inocente num momento de raiva... a alienação de si no discurso nazifascista é muito perigosa, bem mais perigosa que a alienação de si no discurso iluminista ou no marxista. Deve haver introvertidos que se reconhecem como cidadão de bem, mas por que não saíram da toca até agora? Talvez faltasse o modelo identificatório antes — e que porcaria de modelos surgiram nos últimos anos... mas, será que o mergulho ao fundo do poço poderia ser um caminho para a verdade de si, ou seja, para uma definição egóica que permita ao sujeito aproximar-se do mundo externo, das relações afetivas, da vida sem acréscimos? No mais fundo de si será possível integrar a barata e o barato? A beleza e o horror? O amor-de-si e o ódio-de-si no para-si em construção? O Existencialismo anda fora de moda... o que quer que seja que remeta o indivíduo ao seu ser, talvez não tenha mais lugar sob o império do espetáculo. Diante das redes sociais, como existir sem ser capturado a todo instante por ideias prontas, por tolices e principalmente pela própria capacidade de odiar e de atacar? Bom, talvez a intro/versão seja um caminho. Bom e ruim.

Calma, vamos retomando o fio: como a gente sai de si mesmo quando sabemos que o mundo é impossível ou insuportável? Não deveria ser mais fácil sair de si mesmo a partir desse reconhecimento da inconsistência do mundo? Justamente porque sabemos que a vida é impossível, justamente porque sabemos que não há solução para todos os problemas, isso não nos possibilitaria viver com mais tranquilidade? A tranquilidade diante do imponderável, do absolutamente contingencial, alcançar a ataraxia pelo avesso da razão dominante; afinal, o incidente, o acidente, a violência, o desrespeito, e também o maremoto, o terremoto, o furacão, a inundação, a miséria e a morte estarão lá fora de um jeito ou de outro... A introversão poderia ainda ser a marca de uma esperança, de que talvez algum *encontro quase-perfeito* possa emergir no horizonte, de que talvez a vida exista como vida do mundo tal qual sonhado, como a construção plena de um projeto ideal... ideal a não se alcançar, de modo que não exista a chance de uma queda diante do impossível. Sem esse encontro com o nada, sem esse sacrifício do amor perfeito, o real sacrifício de toda crença esperançosa, é impossível sair de si — seria isso a famosa castração que os psicanalistas lacanianos dizem ser o resultado de uma análise? *Oops*, pode conferir meu amigo, ainda está por aí... ufas. (desculpem-me leitorxs sem pênis — seria uma piada de mau gosto?).

Olhar e ver a poltrona do analista vazia, ali onde deveria estar a resposta racional? Ou a resposta emocional explicada? Pode-se até viver como se a vida fosse o mundo. O mundo habitado pelas linguagens lógicas. Pode-se até superar a intro/versão por meio de alguma identificação ao líder de massas e seu discurso esfuziante e cheio de arroubos e intensidades. Quando não de belicismos e gestos de metralhadora... Não é possível, porém, encontrar-se com o que é mais originário e pungente. Seja por meio da esperança ainda viva, seja pela identificação ao ídolo, seja pela crença em algum Outro: é como se o senhor do falo ainda acreditasse ser possível não brochar, e se cobrasse essa disposição magnífica! Tenho que ser imbrochável! E convencer os outros da minha imbrochabilidade! (e quem não quer ser enganado em relação a isso?). Mas, não, dentro do corpo a gosma branca está avançando lentamente entre as vísceras e o tecido conjuntivo, e o organismo vai se deformando, se desfazendo... um cérebro que vai se desmilinguindo. É preciso aceitar essa dor, deixar esse mundo super-humano cair... a vida só acontece quando toda esperança de viver esse mundo ideal se esvai; nesse ponto, talvez, a extro/versão seja possível de outra forma, não como expansão vitoriosa do Eu fálico, não como realização de uma identidade magnânima, não como soberba de qualquer tipo, mas como o encontro possível com o outro, encontro imperfeito, encontro recheado de medos e de dúvidas, encontro esquisito, mas ainda assim, encontro de vidas, ou seja, de seres em posições subjetivas sem império, sem comando, sem dominação. Um Nós. Sem Patriarcado, sem Matriarcado, sem família burguesa judaico-cristã-evangélica, sem Talibã, sem nenhum modelo absoluto de dominação. Encontrar-se assim com a própria barata dentro de si, com a gosma branca, com o fruir do desejo, com o nojento de si-mesmo, com o natural e seus odores, e assim se descobrir no (des)fazimento das esperanças mundanas e dos belos textos. No (des)fazimento do ideal pungente e do amor que completa. Quem sabe, abraçando outra vida que se (des)faz.

A barata continua à espreita atrás do armário, como a polícia atrás da esquina, a gosma branca e o cacetete, mas entre essas partes loucas de mim e de nós, existem Dioniso e a poesia, mesmo sem drogas, mesmo sem álcool, mesmo sem Musas inspiradoras, mesmo ainda sem a certeza de quem se É. Mesmo que a identidade seja claudicante, meio amorfa, sem a crença em Papai Noel ou no Super-Homem. Afinal, quem somos nós se não um frágil tecido de letras, letras que permitem (des)fazer. (Des)fazer para ser uma única vez meta-humanos e integrarmo-nos ao fluxo, sem apelações, sem idealizações, sem identidades, ali onde os deuses, deusas e deusus forjam o universo. Uma colagem divina-pagã. Aliás, ou melhor, uma colagem nem divina, nem pagã, uma colagem ainda sem nome. E com isso ninguém, de nenhuma ordem, casta, família ou território será maior do que eu, do que você ou do que um grão de areia, ou do que uma letra, ou do que um vírus. A saída da intro/versão é coletiva, e passa pela perda da identidade, e não pelo seu reforço, não pelo acréscimo de mais e mais atributos ao Eu — (des)colagens: Decolagem. A subjetividade foi tão longe quanto os autores modernos puderam alcançar, agora é preciso encontrar a inter-trans-subjetividade! Essa é a transição que gostaria de ver no mundo, não mais a Evolução incessante rumo a mais primorosa adaptação, nem o Progresso do *Geist* ou a Revolução incessante dos meios de produção e das tecnologias, tampouco a profundidade abissal do Eu, mas a perda geral e generalizada das identidades, e a formação de uma grande massa de vida, verdadeiramente una, amorfa, fantástica. A grande massa poética, em delírio, em balbúrdia, em êxtase, em incessante devir carnavalesco! Uma massa na qual intro/versão e extro/versão não fazem mais sentido porque seremos todxs Nós — numa colagem. Ou a Terra nos engolirá em breve.

VERMELHO MARINHO
www.editoravermelhomarinho.com.br